Zu diesem Buch

In «Miami Love» trieben die vier Freunde Hank Norton, Larry Dolman, Eddie Miller und Don Luchessi bereits ihre Spielchen.

Über diesen Roman schrieb Thomas Wörtche im *Plärrer*: «Erfreuen wir uns an der kleinen, ziemlich ekligen Story über die ganz alltägliche niedrige Gesinnungsart, die Willeford mit seinem staubtrockenen, hochkomischen und hochgiftigen Stil aufs Knappste und Eigenwilligste erzählen kann.»

Thomas Przybilka lobte in *Lesart*: «Miami Love ist einer seiner unnachahmlichen Florida-Thriller. Unprätentiös, lakonisch und mit dem ihm so eigenen verschrobenen Humor schildert Willeford einen sich langsam in Bewegung setzenden Kriminalfall, der zielgerichtet auf ein bitteres Ende zusteuert. Lebensecht sind die verschiedenen Typen beschrieben, die Willeford in seinen Krimis agieren läßt. Seine Plots sind hervorragend und realitätstreu. Willefords Thriller bürgen für Lesegenuß und Spannung.»

In diesem Buch liefert Willeford drei weitere Abenteuer von Hank, dem Frauenhelden, Larry, dem ehemaligen Polizisten und coolen Fachmann für überraschend auftauchende Leichen, Eddie, dem smarten Piloten, und Don, der Erfolg im Beruf und böses Pech in der Liebe hat.

Willeford hielt diese beiden Bücher um die vier Freunde für das Beste, was er geschrieben hat. Er meinte: «*Miami Love* und *Playboys in Miami* sagen eine Menge über die Brutalisierung des Lebens in der Stadt aus – zumindest was Miami angeht. Es ist in der Tradition der harten Kriminalromane von James M. Cain und Horace McCoy geschrieben und zeigt, nehme ich an, ein ziemlich böses Bild von sogenannten normalen jungen Männern, die hier in Miami Karriere machen. Aber das ist auch meine Absicht...»

Charles Willeford

Playboys in Miami

Deutsch von
Rainer Schmidt

rororo

Rowohlt

rororo thriller
american crime scene
herausgegeben von Bernd Jost

Deutsche Erstausgabe
Veröffentlicht im Rowohlt Taschenbuch Verlag GmbH,
Reinbek bei Hamburg, November 1994

Die Originalausgabe erschien 1993 unter dem Titel
«The Shark-Infested Custard» bei Underwood-Miller, Novato, Ca.

Umschlagfoto Ikeda / Bildagentur Schuster
Umschlagtypographie Peter Wippermann / Susanne Müller
Satz Aldus (Linotronic 500)
Gesamtherstellung Clausen & Bosse, Leck
Printed in Germany
990-ISBN 3 499 43153 x

**Was ist sehr süß, leuchtend gelb
und äußerst gefährlich?**

Altes Rätsel aus Miami

Foto: David Poller

Charles Willeford

Charles Ray Willeford wurde am 2. Januar 1919 in Little Rock, Arkansas, geboren und wurde mit acht Jahren Waise. Er lebte bis zum zwölften Lebensjahr bei seiner Großmutter in Los Angeles und begriff, daß sie in der Zeit der großen Wirtschaftskrise nicht beide ernähren konnte. Er verließ sein Zuhause und lebte als Landstreicher. Seine Erlebnisse während dieser Zeit beschreibt er in seiner Autobiographie «Ein Leben auf der Straße» (erscheint demnächst in der Reihe rororo thriller). Er erzählt seine weitere Lebensgeschichte in «Something About a Soldier», wie er ein falsches Alter angibt und im Alter von sechzehn Jahren zur Armee geht. Mit zwanzig war er bei der Air Force und später ein hochdekorierter Panzerführer. Dabei hatte er den nagenden Ehrgeiz, ein Dichter zu werden. Sein erstes Buch, eine Sammlung von Gedichten, erschien 1948 unter dem Titel «Proletarian Laughter». Sein erster «schwarzer» Roman «Highpriest of California» kam als Taschenbucherstausgabe 1953 heraus. In den achtziger Jahren, nachdem er vierzig Jahre geschrieben hatte, brachten ihm seine vier Romane mit Hoke Moseley – «Miami Blues», «Auch die Toten dürfen hoffen», «Seitenhieb» und «Bis uns der Tod verbindet» – endlich den Durchbruch, und er gehört seitdem zu den größten Autoren der harten Kriminalliteratur. Willeford starb am Palmsonntag 1988 in seinem Haus in Miami.

TEIL I

LARRY «FUZZ-O» DOLMAN

In Florida geht derjenige Schuldige, der als erster bei der Staatsanwaltschaft auspackt, straffrei aus …

EINS

Angefangen hatte es als Witz, aber dann war es nicht mehr komisch, denn es kam Geld ins Spiel. Letzten Endes gibt es bei Geld nichts zu lachen.

Wir waren zu viert am Pool: Eddie Miller, Don Luchessi, Hank Norton und ich – Larry Dolman. Es wurde langsam dunkel, aber die Luft war noch schwül, und es ging kaum ein Lüftchen. Wir saßen in nassen Badehosen um den runden Aluminiumtisch. Hank hatte eine Plastikkanne mit Wodka-Martinis heruntergebracht, eine Tasse Oliven und ein halbes Dutzend Plastikbecher. Das ist eine der wenigen Vorschriften im *Dade Towers*: Essen und Trinken am Pool sind okay, solange man Plastikgeschirr benutzt.

Das *Dade Towers* ist ein Apartmenthaus nur für Singles, und es ist erst ein Jahr alt. «Nur für Singles» heißt, daß nur unverheiratete Männer und Frauen hier mieten dürfen. Das ist eine ziemlich neue Idee in Miami, aber sie hat sich schnell durchgesetzt, und überall in Dade County schießen massenhaft neue Apartmenthäuser nur für Singles aus dem Boden. Im *Dade Towers* gibt es überhaupt keine Apartmenthäuser mit zwei oder drei Schlafzimmern. Wenn ein Mieter heiratet, oder wenn ein Mann eine Frau auch nur bei sich wohnen lassen will, fliegt er raus. Daß zwei Männer sich eine Wohnung teilen, ist auch nicht erlaubt. Das ist ein fruchtloser Versuch, Schwule draußen zu halten. Aber es gibt nur zwei oder drei umsichtige Schwule in dem 120-Apartment-Komplex, und die stören niemanden im Haus. Die Mieten sind eher hoch, denn alle Apartments werden unmöbliert vermietet. Für Frauen sind die Vorschriften lockerer, denn zwei Frauen können sich ein Apartment teilen. Das ist eine vernünftige Regelung, weil Frauen in Miami nicht soviel verdienen wie Männer. Und indem man zwei Frauen zusammen in einer Bude wohnen läßt, ist das Verhältnis Männer-Frauen ausgeglichen. Daher wohnen in einigen Single-Apartments zwei Stewardessen oder Sekretärinnen zusammen. Andere Frauen, die mehr Geld haben, Lehrerinnen zum Beispiel, junge Geschiedene und Krankenschwestern, begnügen sich meistens mit einem Einfach-Apartment. Wenn ein Mann wollte, könnte er alle Frauen kriegen, die er haben will, indem er bloß am Pool herumhängt.

Unter anderen Umständen wären Don, Hank, Eddie und ich, glaube ich, nicht so gute Freunde geworden. Aber wir vier waren allesamt sozusagen Gründungsmitglieder – die ersten vier Mieter, die nach der Eröffnung ins *Dade Towers* gezogen waren. Und jetzt, nachdem wir ein volles Jahr miteinander verbracht hatten, waren wir eng zusammengeschweißt. Wir schwammen im Pool, gingen zusammen ins Kino, fragten uns gegenseitig um Rat zu den Weibern, mit denen wir ausgingen, und hatten überhaupt ziemlich viel Spaß, ohne groß zu streiten oder zu diskutieren. Mit anderen Worten, wir genossen wirklich das gute Leben von Miami.

Eddie Miller ist ein ehemaliger Airforce-Pilot. Nach seiner Entlassung aus dem Militärdienst gelang es ihm, einen Job als Kopilot in einer 727 zu bekommen. Das Fliegen ist ungefähr das einzige, was Eddie interessiert, und eines Tages wird er es zum Captain bringen. Inzwischen (er fliegt nur zwanzig Stunden die Woche) studiert er an der Universität von Miami, um ein Diplom als Immobilienkaufmann zu erwerben. Das machen viele Airline-Piloten in ihrer Freizeit; sie verkaufen Immobilien. Manche verdienen damit mehr Geld als mit ihrem Job als Piloten, auch wenn das Immobiliengeschäft in Dade County eine Halsabschneiderbande ist.

Hank Norton hat ein Diplom in Psychologie von der Universität Michigan. Er hat einen wunderbaren Job in Miami als Pharmavertreter für einen amerikanischen Arzneimittelkonzern. Er arbeitet nur zehn bis fünfzehn Stunden die Woche – wenn er überhaupt arbeitet – und hält trotzdem den Verkaufsrekord für seine Firma in den USA. Als dem besten Außendienstmitarbeiter des vergangenen Jahres hat seine Firma ihm einen zweiwöchigen Urlaub in

Acapulco mit allen Spesen spendiert. Er ist ein gutaussehender Typ mit sorgfältig geschnittenen blonden Haaren und dunklen, preußischblauen Augen. Er ist auch der beste Aufreißer von uns vieren. Hank kriegt wahrscheinlich in einem Monat mehr neue Weiber als wir anderen in einem Jahr. Er hat eine Aura von lärmendem Selbstvertrauen und strahlend weiße Zähne. Sein unaufrichtiges Lächeln wirkt auf die Ärzte, mit denen er redet, genauso wie auf die Frauen. Er verdient ungefähr fünfundzwanzigtausend im Jahr und hat einen *Galaxie* zur freien Verfügung, der alle zwei Jahre gegen ein neues Modell ausgetauscht wird. Sein Weihnachtsbonus lag noch nie unter zweitausend, behauptet er.

Don Luchessi verdient das meiste Geld. Er ist der Florida-Repräsentant einer britischen Silberfirma, und er könnte noch mehr Geld machen als jetzt, wenn die Firma in Großbritannien mit seinen Aufträgen Schritt halten könnte. Sie hängen immer zwei bis drei Monate mit Produktion und Auslieferung hinterher, und Don verbringt eine Menge Zeit damit, sich bei den diversen Kaufhausabteilungen und Juweliergeschäften zu entschuldigen, an die er verkauft. Infolge des fantastischen Anstiegs der kubanischen Bevölkerung in Miami und des Wohlstands der Kubaner im allgemeinen hat Don seinen Umsatz in den letzten vier Jahren praktisch verdoppelt. Jeder Kubaner, der seine Tochter verheiratet, will, daß das Mädchen sein Eheleben mit einem teuren Silberbesteck anfängt (und seine Freunde und Verwandten wollen es natürlich auch). Aber auch wenn Don sehr viel mehr Geld verdient als wir andern, muß er Unterhalt für seine siebenjährige Tochter zahlen, und außerdem gibt er seiner Frau noch ein verdammt großzügiges Taschengeld nebenher. Als Katholik lebt er bloß getrennt und ist nicht geschieden, und obwohl er seine Frau haßt, vermuten wir alle, daß er sie eines Tages wieder zu sich nimmt, weil er seine Tochter so sehr vermißt. Jedenfalls hat er, weil er seiner Frau so viel Geld gibt, am Jahresende im Durchschnitt auch nicht viel mehr Kohle als wir anderen.

Was mich angeht, so hat sich eine Sache, die ich anfangs für Pech hielt, als Glücksfall erwiesen. Ich hatte an der Universität

Florida ein Examen in Polizeiwissenschaft abgelegt und zwei Wochen danach, ich konnte es kaum erwarten loszugehen, eine Stellung als Polizist in Florence City, Florida, angenommen. Florence City ist nicht allzu weit von Orlando entfernt, und wegen Disney World hat sich die Bevölkerung der kleinen Stadt in den letzten paar Jahren verdreifacht. Nach zwei Jahren bei der Truppe hatte ich die Zulassung zur Sergeantsprüfung, die ich beim ersten Anlauf mit 98 Punkten bestand. Damals fingen sie gerade an, Disney World zu bauen, und ich wußte, ich befand mich in einer Wachstumssituation. Zusammen mit Florence City würde auch die Polizeibehörde wachsen, und weil ich ein College-Diplom hatte, würde ich bald Lieutenant sein, das wußte ich, und dann Captain – und das verflucht kurze Zeit nach meiner Lehrzeit als Streifenpolizist.

Ich rechnete fest, damit nach nur zwei Dienstjahren Sergeant zu werden. Keiner der drei anderen, die mit mir zusammen die Prüfung gemacht hatten, hatte auch nur annähernd das gleiche Ergebnis wie ich. Aber was passierte? Ich geriet mitten in die neue ethnische Quotenpolitik. Joe Persons, ein ganz netter Kerl, aber ein beinahe schwachsinniger halber Analphabet, der fünf Jahre hintereinander durch die Prüfung gerauscht war, bestand schließlich mit der Mindestpunktzahl von 75. Und der Ausschuß beförderte ihn zum Sergeant und nicht mich, denn er war schwarz. Ich war natürlich sauer, aber immer noch bereit, mit dieser Entscheidung zu leben und noch ein Jahr zu warten. Joe war seit zehn Jahren bei der Polizei in Florence City, und wenn man das Dienstalter mitberücksichtigte, warum sollte er den Job dann nicht haben? Ich konnte mir leisten, noch ein Jahr zu warten. Aber was geschah, war unglaublich. Der Chief, ein smarter Typ aus Bainbridge, Georgia, rief mich zu sich und sagte, ich würde Sergeant Persons ganztägig zugeteilt, damit ich den Papierkram für ihn erledige. Da wurde ich wütend und kündigte auf der Stelle, ohne mir Zeit zu nehmen und es mir zu überlegen. Dabei hatte der Chief die Sache unausgesprochen wiedergutmachen wollen. Mit anderen Worten, ihm hatte die Entscheidung des Ausschusses, Joe Persons zum Sergeant zu befördern, ebensowenig gefallen wie mir. Indem er mir Gelegenheit bot, die eigentliche Sergeantsarbeit zu machen, zu der Persons gar nicht fähig war, wollte er mir zu verstehen geben, daß die nächste freie Stelle mir schon so gut wie gehörte, und gleichzeitig traf er die nötigen Vorbereitungen, um Sergeant Persons wegen Unfähigkeit wieder loszuwerden.

Das alles begriff ich erst später, aber da war es schon zu spät. Ich hatte gekündigt, und ich war zu stolz, um zurückzugehen und mich für das, was ich dem Chief in meiner Wut gesagt hatte, zu entschuldigen.

Um die Geschichte kurz zu machen, obwohl es mir immer noch sauer aufstößt, wenn ich an die miese Behandlung denke, die ich in Florence City gekriegt habe – ich kam dann nach Miami und fand einen Job als leitender Sicherheitsexperte bei *National Security*. Genau gesagt, sie waren ganz versessen darauf, mich einzustellen. *National* hat Niederlassungen in allen großen Städten der Vereinigten Staaten, und eines Tages – sehr viel eher, als ich in Florence City Polizeichef geworden wäre – werde ich der Leiter einer dieser Niederlassungen sein. Die meisten Sicherheitsexperten bei *National* sind Ex-Cops, vorwiegend pensionierte Kriminalpolizisten, aber keiner von denen kann besonders gut schreiben. Sie müssen ihre Berichte diktieren, und später werden sie dann von den Mädchen im Schreibbüro getippt. Wenn einer von diesen Berichten jemals im Rohzustand herauskäme, ohne überarbeitet und umgeschrieben worden zu sein, dann würde uns das Kaufhausunternehmen, das diesen Bericht bekommen hätte, keine fünf Minuten später den Vertrag kündigen. Und das mache ich: Ich bringe diese Tätigkeitsberichte in einen halbwegs lesbaren Zustand. Dem Colonel gefällt die Art, wie ich schreibe, und manchmal übernimmt er Wendungen aus meinen Berichten. Als ich einmal wegen einer verschwundenen Hausfrau an einen Agenten in Jacksonville schrieb, wies ich ihn an, «alle Ressourcen auszuschöpfen». Danach beendete der Colonel ungefähr einen Monat lang alle seine Telefonate mit den Worten: «Alle Ressourcen ausschöpfen, alle Ressourcen ausschöpfen.»

Bei *National Security* bin ich also der Liebling. Vor vier Jahren habe ich mit zehntausend Dollar angefangen, und inzwischen mache ich fünfzehntausend. Daran, daß sie mich in letzter Zeit bei manchen Meetings dabeihaben wollen – «nur zum Zuhören», sagt der Colonel –, erkenne ich, daß sie mich auf einen sehr viel besseren Job vorbereiten, als ich ihn jetzt schon habe.

Wenn das hier ein Bericht für *National Security* wäre, würde ich die Hintergrundinformationen als zu skizzenhaft bezeichnen und dem Agenten das Ding zurückpfeffern. Aber es ist kein Bericht, sondern eine Aufzeichnung, und es ist ganz praktisch, eine Aufzeichnung in meinem Bankfach aufzubewahren. Wer weiß? Vielleicht brauche ich sie eines Tages. In Florida geht derjenige Schuldige, der *zuerst* bei der Staatsanwaltschaft auspackt, straffrei aus...

ZWEI

Wir waren bei der zweiten Runde Martinis, als wir anfingen, von Frauenaufreißen zu reden. Hank, die anerkannte Autorität auf diesem Gebiet, stellte eine gute Frage. «Wo in Miami», sagte er, «kann man am leichtesten Frauen aufreißen? Ich sage nicht, am besten, sondern am leichtesten.»

«Im *Big Daddy's*», sagte Eddie.

Ich sagte es nicht, aber im Geiste stimmte ich Eddie zu. Es gibt *Big Daddy's Lounges* überall in Miami. Plakate im ganzen Dade County zeigen einen Mann und ein Mädchen, die eng nebeneinander an einer Bar sitzen, neben dem Foto des bärtigen Big Daddy selbst, und unter dem Bild steht in kleingeschriebenen Kunstlettern: «*Big Daddy's* – wo du nie allein bist...»

Die Message ist klar: Ein Mann, der in einer *Big Daddy's Lounge* bei keiner landen kann, muß schon irgendeine größere Macke haben.

«Nein», sagte Hank und schürzte die Lippen. «Ich gebe zu, daß du im *Big Daddy's* Frauen aufreißen kannst, aber du kommst nicht immer zur Sache. Oder? Ja, du kannst durchaus eine Niete ziehen; da gibst du an die fünf Dollar für Drinks aus, und dann ist sie weg, wenn du vom Pissen zurückkommst.»

Das war leider allzu wahr; es war mir mal passiert, aber ich hatte nie irgendwem davon erzählt.

«Jetzt überlegt mal», sagte Hank. «Nennt mir einen todsicheren Laden zum Frauenaufreißen, wo man, sagen wir, mindestens in neun von zehn Fällen auch zum Schuß kommt.»

«Blödsinn», sagte Don. «Keiner kommt in neun von zehn Fällen zum Schuß, nicht mal du, Hank.»

«Hab ich ja nicht gesagt», erwiderte Hank. «Aber ich weiß einen

Laden, wo man in neun von zehn Fällen zum Schuß kommen *kann*. Jeder von uns hier am Tisch.»

«Gehen wir», sagte ich und sprang auf. Alle lachten.

«Setz dich hin, Fuzz», sagte Hank. «Daß es so einen Laden gibt, bedeutet noch lange nicht, daß du auch hin willst. Na los, Jungs – denkt doch mal nach.»

«Ist das 'ne Trickfrage?» erkundigte sich Eddie.

«Nein», sagte Hank, ohne zu lächeln. «Sie ist ehrlich gemeint. Und ich rede auch nicht von Callgirls – das heißt, wenn es in Miami noch welche gibt.»

«Coconut Grove ist ziemlich gut», meinte Eddie.

«Im Grove ist es immer gut», sagte Hank, «aber es ist kein Laden, sondern eine ganze Gegend mit verschiedenen Läden. Na, ich sag's euch, damit die Spannung nicht unerträglich wird. Eine Frau für einen schnellen Bums aufreißen, das geht in ganz Miami am leichtesten in der Klinik für Geschlechtskrankheiten.»

Alle lachten. «Du hast sie nicht mehr alle, Hank», sagte Don. «Ein Mädchen, das sich gerade einen Tripper geholt hat, hat für lange Zeit die Nase voll von Männern und Sex.»

«Das hätte ich auch gedacht», sagte Hank. «Aber anscheinend läuft es anders. Es stand neulich im *Herald*. Der Gesundheitsbeamte in der Klinik hat darüber gemeckert. Ich weiß nicht mehr, wie er hieß, aber ich hab mir den Artikel ausgeschnitten; er ist oben in meiner Wohnung. Er sagt, die Mädchen in der Klinik sind überwiegend zwischen sechzehn und zweiundzwanzig, und Typen und Mädchen treffen sich im Wartezimmer und tauschen Adressen und Telefonnummern aus, weil sie wissen, daß sie sauber sind. Sie sind alle gerade erst behandelt worden, und deshalb besteht keine Gefahr, daß man sich irgendwas holt. Jedenfalls – im *Herald* stand, sie hätten einen Psychologen zugezogen, der das Problem studieren soll. Der Gesundheitsbeamte will getrennte Wartezimmer für Männer und Frauen einrichten.»

«Würdest du denn in einer Klinik für Geschlechtskrankheiten ein Mädchen aufreißen?» wollte Don von Hank wissen.

Hank lachte. «Nur, wenn ich verdammt ausgehungert wäre,

sonst nicht. Okay. Ich zeige euch später den Ausschnitt. Jetzt aber eine schwierigere Frage. Wo in Miami ist es am *schwersten*, eine Frau aufzureißen?»

«In der Studentengewerkschaft der Universität von Miami», sagte Eddie feierlich. Wir alle lachten.

«Komm schon, Eddie», sagte Hank, «spiel mit. Das ist eine ernstgemeinte Frage.»

«Wenn einer dringend was zum Bumsen braucht», sagte ich, «dann ist es überall schwer, egal, wo er es versucht.»

«Das stimmt», sagte Eddie. «Wenn zu Hause im Bett eine Frau auf dich wartet und du gehst noch kurz auf ein Bier in die Kneipe, dann fallen gleich fünf oder sechs Weiber über dich her. Aber wenn du wirklich baggerst, voller Verzweiflung, dann läuft da draußen nichts, Mann. Absolut nichts.»

«Deswegen habe ich ja mein kleines schwarzes Buch», sagte Hank.

«Wir reden aber nicht von Freundinnen, Hank», wandte ich ein. «Wir reden von fremden Weibern.»

«Genau. Also, wo ist es am schwersten, fremde Frauen aufzureißen?»

«Am Sonntag in der Kirche», erwog Eddie.

«Wie lange warst du schon nicht mehr in der Kirche?» fragte Hank. «Verflucht, in der Kirche macht der Pfarrer dich sogar mit einem netten Mädchen bekannt, wenn du ihm eins zeigst.»

«Wer will denn ein nettes Mädchen?» fragte Eddie.

«Ich», sagte Hank. «Für mich ist ein nettes Mädchen eins, das ihn dir beim Reinstecken führt.»

«Wenn das so ist», sagte ich, «dann war bis jetzt jedes Mädchen, mit dem ich geschlafen habe, ein nettes Mädchen. Ich danke dir, Hank, denn du hast mir den Tag vergoldet. Warum hören wir nicht auf mit diesem blöden Spiel, gehen was essen und dann runter in den *White Shark* und spielen Pool.»

«Moment», sagte Eddie, «die Frage interessiert mich noch. Ich will die Antwort wissen, damit ich da nicht hingehe und meine Zeit verschwende.»

«Ein entschlossener Mann», behauptete Don, «kann überall eine Frau aufreißen, sogar am internationalen Flughafen. Und im Airport-Hotel kann man stundenweise Zimmer mieten.»

«Es ist nicht der Flughafen», sagte Hank. «Wie du sagst, Don, der Flughafen ist gar kein schlechter Ort zum Frauenaufreißen. Viele Frauen sitzen in der Bar auf dem Oberdeck, meistens zu zweit, und gucken zu, wie die Flugzeuge starten.»

«Wir geben auf, Hank», sagte ich. «Ich habe zwei Martinis intus, und wenn ich nicht bald was zu essen kriege, werde ich noch einen trinken. Und man hat schon erlebt, daß ich nach dem dritten Martini meinem besten Freund eine reingehauen habe – nur um zu sehen, wie er umfällt.»

«Der Fuzz kriegt nichts mehr», sagte Eddie. «Erzähl schon, Hank.» Eddie goß sich den letzten Drink in seinen Plastikbecher.

«Autokinos», sagte Hank.

«Versteh ich nicht», sagte Don. «Was ist so schwer daran, eine Frau im Autokino aufzureißen? Ständig fahren Typen mit ihren Frauen ins Autokino –»

«Genau», sagte Hank. «Sie *bringen sie mit*, und sie bezahlen den Eintritt. Was willst du also machen? Anfangen, dich mit 'ner Frau zu unterhalten, während sie bei ihrem Freund im Auto sitzt und während der den Arm um ihren Hals und die linke Hand an ihrer Fotze hat?»

Eddie lachte. «Yeah! Mach das nicht, Don. Könnte sein, daß der Typ eine Kanone im Handschuhfach hat.»

«Hatte wohl mein Gehirn nicht eingeschaltet», sagte Don.

Ich dachte kurz nach. «Ich war im ganzen Leben nur zwei- oder dreimal allein in einem Drive-in», sagte ich dann. «Normalerweise fährt man da nicht allein hin, außer, um einen Film zu sehen, den man verpaßt hat. Das letzte Mal war ich allein da, weil ich *Two-Lane Blacktop* sehen wollte. Ich hatte die Berichte im *Esquire* gelesen, und ich wollte unbedingt in den Film.»

«Hab ihn gesehen», sagte Eddie. «Mit Ausnahme von Warren Oates war kein einziger guter Schauspieler in dem Film.»

«Darum geht's jetzt nicht, Eddie», sagte ich. «Ich fand den Film auch nicht so heiß, obwohl das Buch gut war. Ich will darauf hinaus, daß ich nur aus einem Grund ins Drive-in gefahren bin, nämlich um *Two-Lane Blacktop* zu sehen, und der fing erst nachts um fünf nach eins an. Wo findest du um ein Uhr nachts jemanden, der mit dir ins Autokino fährt? Und als mir dann auch der Film nicht gefiel, hätte ich mir am liebsten einen Tritt in den Arsch gegeben.»

«Ich glaube, ich war noch nie allein im Drive-in», sagte Don. «Jedenfalls kann ich mich nicht erinnern.»

«Na, ich schon», sagte Hank. «Genau wie Larry. Manche Filme laufen nur im Autokino, und wenn du sie da nicht siehst, verpaßt du sie ganz.»

«Ich schätze, ich war ein paarmal allein da», sagte Eddie. «Man sieht immer ein paar Typen allein im Auto. Aber ich habe im Autokino noch nie eine Frau allein im Auto sitzen sehen, es sei denn, ihr Freund war gerade an der Snackbar, um was zu holen.»

«Ich will's mal aufzählen», sagte Hank. «Erstens, wenn eine Frau da ist, ist sie entweder mit ihren Eltern, mit ihrem Mann oder mit ihrem Freund da. Zweitens, keine Frau fährt je allein ins Autokino. Aus irgendeinem Grund haben sie Angst davor, obwohl ich für eine einzelne Frau keinen sichereren Ort wüßte als ein Autokino. Drittens, ein Mann wäre bescheuert, in einem Autokino auf Weibersuche zu gehen, wenn es tausend bessere Orte dafür gibt.»

«Da ist es wirklich am schwierigsten», sagte ich. «Im Autokino eine Frau aufzureißen, das ist unmöglich.»

Hank lachte. «Nein, unmöglich ist es nicht, Larry. Es ist schwer, aber es ist nicht unmöglich.»

«Ich sage, es ist unmöglich», wiederholte ich.

«Noch besser», sagte Eddie. «Ich bin bereit, zehn Dollar darauf zu wetten, daß es unmöglich ist.»

Hank schüttelte den Kopf und lachte. «Zehn Dollar sind nicht genug.»

«Von mir kommen zehn dazu», sagte ich.

«Mit meinen sind's dreißig», sagte Don.

«Das meint ihr nicht ernst», sagte Hank.

«Wenn dir dreißig Dollar nicht ernst genug sind», sagte Eddie, «dann erhöhe ich meine zehn auf zwanzig.»

«Ich erhöhe auch um zehn«, sagte ich.

«Ich ebenfalls», sagte Don.

«Sechzig Dollar sind schon eine ernste Summe», sagte Hank. «Das ist doppelt soviel Kohle, wie ich euch beim Pool im *White Shark* abnehmen würde.»

«Blödsinn», sagte Eddie. «Wir wetten um sechzig Dollar, daß du in einem Drive-in-Kino keine Frau aufreißt. Und wir suchen das Drive-in aus.»

«Ihr liebt mich wirklich, was?» Hank stand auf und ließ die fleischigen Schultern kreisen.

«Klar lieben wir dich, Hank», sagte ich. «Wir bemühen uns, dein Einkommen zu vergrößern. Aber du brauchst die Wette nicht anzunehmen. Du brauchst nur zuzugeben, daß es unmöglich ist, weiter nichts.»

«Was ist mein Zeitlimit, Eddie?» fragte Hank.

«Sagen wir, eine Stunde.»

«Eine Stunde? Ein Film dauert mindestens anderthalb», sagte Hank. «Und ich brauche ein bißchen Pausenzeit, um mit Frauen an der Snackbar zu reden. Wie wär's mit drei Stunden?»

«Wie wär's mit zwei?» sagte ich.

«Zwei Stunden sind reichlich», sagte Don. «Du würdest nirgendwo in Miami länger als zwei Stunden rumhängen, wenn du da keine Frau aufreißen könntest.»

«Schließen wir einen Kompromiß», sagte Hank. «Anderthalb Stunden, vorausgesetzt, ich bekomme mindestens zehn Minuten von der Pause. Wenn es zufällig ein langer Film sein sollte, habe ich mehr Zeit, um die Pause zu nutzen, aber zwei Stunden sind dann das Limit für alles in allem. Okay?»

«Von mir aus», sagte ich.

«Dann machen wir es doch ein bißchen interessanter», sagte Hank. «Für jeweils fünf Minuten unter einer Stunde legt ihr fünf Dollar drauf, und ich setze dagegen.»

Hanks Selbstvertrauen war aufreizend, aber ich hielt dieses übermäßige Selbstbewußtsein für ungerechtfertigt. Wir nahmen seine Zusatzwette an und verabredeten, daß wir uns eine halbe Stunde später in seinem Apartment treffen würden.

Wir hatten alle die gleichen Single-Wohnungen, aber sie waren so unterschiedlich eingerichtet, daß keine aussah wie die andere. Ich besitze nicht viele Möbel, aber was ich habe, ist einzigartig. Samstags abends besorge ich mir oft die Frühausgabe des *Miami Herald* vom Sonntag und suche in den Kleinanzeigen nach Möbelangeboten. So habe ich mein Cembalo bekommen. Es war mindestens achthundertfünfzig Dollar wert, aber ich habe nur hundertfünfzig bezahlt. Ich kann «Birmingham Jail» darauf zusammenstümpern, aber ich habe vor, Unterricht zu nehmen, falls je ein Cembalolehrer nach Miami kommt. Ich habe es nicht eilig, die Einrichtung zu vervollständigen; ich bin bereit, zu warten, bis ich Sachen finde, die ich auch behalten möchte.

Eddies Bude ist dreckig, ein echter Saustall, aber jeden Monat kommt seine Mutter mit dem Wagen von Fort Lauderdale herunter und verbringt zwei Tage bei ihm, und das ist die einzige Zeit, wo es bei ihm sauber ist.

Als Don seine Frau verließ, nahm er alle Möbel aus seinem Zimmer mit, und sein Wohnzimmer ist jetzt eingerichtet wie ein Herrenzimmer. Er hat zwei große, bequeme Ledersessel, Bücherschränke mit Glastüren und ein halbes Dutzend gerahmte Drucke aus *The Rake's Progress* an den Wänden. Wenn wir bei Don sind und Football gucken und Bier trinken, dann ist es da wie in einem exklusiven Herrenclub.

Weil Hank kein Büro hat, ist sein Wohnzimmer fast zu einem Drittel zugestellt mit Pappkartons voller Medikamente und Muster der anderen medizinischen Produkte, die seine Firma herstellt. Hank ist unser «Hausarzt». Von ihm kriegen wir Schmerztabletten, Grippemittel, medizinische Seife und sogar Gratiszahnbürsten. Bevor die strenge Nachweispflicht für Medikamente in Kraft trat, konnte er uns auch Schlaftabletten und ein paar Uppers zustecken. Aber das geht nicht mehr. Seine Firma gibt sie ihm jetzt abgezählt in kleinen Mengen, und über die Amphetamine, die er den Ärzten bei seinen Besuchen gratis überläßt, muß er Buch führen.

Von den Arzneimittelkartons abgesehen, gibt es in Hanks Apartment Unmengen von Besitztümern. Wenn er etwas einmal hat, kann er sich einfach nicht wieder davon trennen, und so ist die Wohnung vollgestopft mit dem Zeug. Als Krönung von allem hat Hank einen zweieinhalb Meter langen, ausgestopften Fächerfisch über dem Sofa hängen. Er hat ihn letztes Jahr in Acapulco gefangen, für vierhundertfünfzig Dollar präparieren und sich nach Miami schicken lassen. Auf den Bauch hat er mit gelber Kreide geschrieben: «Hanks Torheit». Er begreift heute noch nicht, wie der Bootskapitän ihn hat überreden können, sich den Fächerfisch ausstopfen zu lassen – mal abgesehen, daß er damals so aufgeregt war, weil er ihn gefangen hatte. Heute ist er dermaßen unglücklich darüber, daß er so blöd sein konnte, sich einen Fächerfisch ausstopfen zu lassen, daß wir ihn deshalb nicht mehr aufziehen.

Als ich in meine Wohnung kam, spürte ich die Wirkung der zwei Martinis; bevor ich also unter die Dusche ging, setzte ich die Kaffeemaschine in Gang. Nach dem Duschen zog ich ein T-Shirt, Khakishorts und ein Paar Tennisschuhe an. Ich machte mir einen sehr dünnen Scotch mit Wasser in einem Plastikbecher und ging damit zu Hank hinüber.

Die anderen Jungs waren schon da. Don trug eine gelbe Leinenhose und ein grünes Strickhemd, und er hatte die Kinoseiten im *Herald* aufgeschlagen. Eddie hatte Jeansjacke und -hose und seine schwarzen Fliegerstiefel an und zwinkerte mir zu, als ich hereinkam. Er deutete mit dem Kopf zu dem kurzen Flur zum Schlafzimmer. Hank war natürlich immer noch beim Anziehen, und aus dem Schlafzimmer wehte eine Mischung aus Talkumpuder, *Right Guard* und *Brut*, daß es einem in der Nase kribbelte.

Eddie grinste. «Ein Schauspieler bereitet sich vor», sagte er. «Stanislavski.»

«Meine Güte», sagte Don und raschelte mit der Zeitung, «im

Tropical Drive-in zeigen sie *fünf* John-Wayne-Filme! Wer, zum Teufel, könnte sich fünfmal hintereinander John Wayne anguk-ken, Herrgottnochmal?»

«Ich», sagte ich.

«Ich auch», sagte Eddie. «Aber immer nur einen.»

«Wenn der erste um halb acht anfängt», sagte Don, «dann kommst du erst um drei Uhr früh wieder raus!»

«Ich hätte nichts dagegen», meinte Eddie, «wenn wir alle hingehen und zwei Kästen Bier mitnehmen. Das ist besser, als von halb acht bis drei fernzusehen, und das hab ich schon oft genug gemacht.»

«Ja», sagte ich, «aber beim Fernsehen hast du den Komfort einer Klimaanlage. Und du brauchst nicht den ganzen Abend nach den Moskitos zu schlagen.»

«Diese Drive-ins nebeln sie gegen Moskitos ein», sagte Eddie.

«Na klar», sagte Don, «und das macht die Biester so sauer, daß sie dich stechen wie die Irren. Hier ist was. Hört mal. Im *Southside Dixie*: *Bucket of Blood, The Blood-Letters, The Bloody Vampires* und *Barracuda*! Das ist mal ein Kinochef mit Humor. Er hat den Barracuda ans Ende gesetzt, damit er das ganze Blut kriegt.»

Wir lachten.

Eddie stand auf und ging zum Tisch in der Kochecke, wo Hank seinen Schnaps und einen Eimer mit Eiswürfeln aufbewahrte. «Was trinkst du, Fuzz-o?»

«Ich halte mich vorerst an das hier», sagte ich.

«Mir kannst du ein Glas Wein einschütten», sagte Don.

«Blutroten oder uringelben?»

«Mir egal», sagte Don. «Solange du mir zwei Eiswürfel reintust.»

Eddie machte sich selbst einen Scotch mit Eis und brachte Don ein Glas Chianti mit Eiswürfeln.

«Mit dem *Southside* stehen wir uns wahrscheinlich am besten», meinte ich. «In dem Horrorprogramm sind wahrscheinlich weniger Frauen als bei dem John-Wayne-Festival. Außerdem ist da ein *Burger Queen* am Dixie, auf der anderen Seite des Highway. Da können wir was essen und aufpassen, wenn Hank aus dem Kino kommt.»

«Sollte nicht einer von uns mitgehen?» fragte Eddie.

«Das wäre nicht fair», sagte Don. «Ich glaube, er wird da sowieso keine Frau aufreißen können, aber es wäre zweimal so schwierig, eine Frau dazu zu überreden, in ein Auto mit zwei Kerlen zu steigen. Also lassen wir ihn allein reinfahren. Wie Larry sagt, wir können die Ausfahrt von der anderen Seite des Dixie Highway aus im Auge behalten.»

Hank kam ins Wohnzimmer; er sah aus und roch wie ein Jai-Alai-Spieler an seinem freien Abend. Er trug weiße Schuhe mit Ledertroddeln, einen purpurroten, lässigen Anzug und ein seidenes Halstuch mit blaurotem Paisleymuster. Hank hatte noch drei andere maßgeschneiderte Anzüge wie diesen purpurfarbenen – weizengelb, blau und schokoladenbraun –, aber diesen hier hatte ich noch nicht gesehen. Die Hose hatte einen hochgezogenen Bund und keine Aufschläge; sie war aus elastischem Jerseystoff und vorne so eng, daß sein Gehänge aussah wie eine Geldbörse. Die kurzärmelige Jacke war die gürtellose, modifizierte Version einer Buschjacke mit großen, aufgesetzten Seitentaschen.

Don war der einzige von uns, der das Haar lang trug – das heißt, lang *genug*, wie wir es alle gern getragen hätten. Wegen unserer Jobs konnten wir uns aber nicht erlauben, das Haar so lang wie Don zu tragen. Hank hatte sich das Haar aufgefönt, so daß es jetzt viel voller aussah als sonst, wenn er es mit Spray glattkämmte und seine Ärzte besuchte.

«Ist das ein neuer Anzug?» fragte Eddie.

«Ich habe ihn schon länger», sagte Hank und ging an den Tisch, um sich einen Drink zu machen. «Bloß noch nicht getragen. Ich habe ihn machen lassen auf eine kleine Stoffprobe hin. Als der Anzug dann fertig war, fand ich es doch ein bißchen zuviel.» Er zuckte die Achseln. «Aber für's Autokino wird's reichen, denke ich.»

«Gegen die Farbe ist nichts einzuwenden, Hank», sagte Don. «Mir gefällt sie.»

Hank gab noch zwei Eiswürfel in seinen Scotch mit Soda. «Dadurch sieht mein Gesicht ganz rot aus, sonst nichts.»

«Dein Gesicht *ist* rot», sagte ich.

«Aber nicht so rot, wie es bei dieser Purpurfarbe aussieht.»

«Wenn du uns heute abend auszahlst», sagte Eddie, «wird es prima zusammenpassen.»

Hank schaute auf seine Armbanduhr. «Ich schlage vor, wir machen einen Uhrenvergleich. Es ist jetzt genau ... neunzehn Uhr einundzwanzig. Wir werden ja sehen, wer am Ende die rötesten Gesichter hat.»

Wir schauten auf unsere Uhren. Zum erstenmal fragte ich mich, ob ich nicht eine schlechte Wette eingegangen war. Wenn Hank verlieren sollte, tröstete ich mich, würde sein übertriebenes Selbstvertrauen mich zumindest daran hindern, ihm Mitgefühl entgegenzubringen.

Wir verabredeten uns mit Hank im *Burger Queen* gegenüber vom *Southside Drive-in.* Er wollte seinen *Galaxie* nehmen, und wir anderen fuhren mit Dons *Mark IV*.

Weil wir am *7/Eleven* vorbeifuhren, um zwei Sixpacks Bier zu kaufen, war Hank ungefähr fünf Minuten vor uns am *Burger Queen*. Don gab ihm eine Dose Bier, die er unter seinem Vordersitz versteckte. Dann fuhr Hank quer über den Highway. Es war genau neunzehn Uhr einundvierzig.

DREI

Wir bestellten jeder einen *Double Queen* mit Fritten und setzten uns dann links neben dem Gebäude auf der Seitenterrasse an einen Kacheltisch. Im *Burger Queen* gab es kein Bier, und der Geschäftsführer konnte nicht um die Ecke gucken und sehen, wie wir unser Bier aus der Papiertüte fischten.

Wenn man nicht gerade zum Essen ausgeht, ist acht Uhr in Miami ziemlich spät fürs Abendessen. Wir waren es alle gewöhnt, gegen sechs zu essen, und so waren wir hungrig wie die Wölfe, als wir die Doppelburger herunterschlangen. Wir redeten erst, als wir fertig waren, und dann sammelte ich den Abfall ein und warf ihn in den nächsten Mülleimer. Don riß noch drei Dosen Bier auf.

Unterhalb von Kendall, an dieser Stelle des Dixie Highway, war die Straße sechsspurig, und der Verkehr rauschte schnell und lärmend in beide Richtungen. Eddie fing an zu lachen und schüttelte den Kopf.

«Was ist so komisch?» fragte ich.

«Die ganze Sache – was denn sonst? Ich weiß ja, donnerstags abends ist nicht so verdammt viel los, aber wenn ich je einem erzählen sollte, daß ich zwei Stunden im *Burger Queen* rumgesessen und darauf gewartet habe, daß mein Kumpel im Autokino eine Frau aufreißt...»

«Du solltest lieber hoffen, daß es mindestens anderthalb Stunden werden», sagte Don.

«Ich weiß, ich weiß», sagte Eddie. «Aber ihr müßt doch zugeben, daß die ganze Sache ziemlich dämlich ist.»

«Ja und nein, Eddie», sagte ich. «Es geht eigentlich auch nicht ums Geld. Du und Don, ihr wißt beide, daß wir alle Hank gern mal ein bißchen runterstutzen würden.»

Don grinste. «Ich glaube, da könntest du recht haben, Larry.»

«Ich bin nicht neidisch auf Hank», sagte Eddie.

«Ich auch nicht», sagte ich. «Ich sage nur, ich würde ausnahmsweise gern mal sehen, wie der alte Hank verliert. Ich mag ihn, Herrgott, aber ich finde es abscheulich, daß einer andauernd so über alle Maßen selbstbewußt ist. Das ist alles.»

«Yeah», sagte Eddie. «Ich weiß, was du meinst.»

Don schnaubte und sah auf die Uhr. «Du wirst noch eine Weile warten müssen, glaube ich. Wir haben jetzt zwölf nach acht, und da kommt unser großkotziger Frauenheld.»

Don hatte Hanks *Galaxie* entdeckt, als der Wagen aus der Drive-in-Ausfahrt kam. Als ich mich umdrehte, um hinüberzuschauen, stand Hank am Rand des Highway und wartete auf eine Gelegenheit, links einzubiegen. Er mußte eine Weile warten, und wir konnten nicht sehen, ob er eine Frau im Wagen hatte oder nicht. Endlich schaffte er es und parkte auf dem Parkplatz des *Burger Queen*. Wir trafen uns auf halbem Weg, als er zu uns kam – allein.

«Wie steht's mit 'nem Bier?» fragte Hank.

«Ausgetrunken», sagte Eddie.

«Danke, daß ihr an mich gedacht habt. Kommt, ich stelle euch Hildy vor.»

Wir folgten Hank zum *Galaxie*. Als er die Beifahrertür aufmachte und die Deckenlampe anging, konnten wir das Mädchen deutlich sehen. Sie war dreizehn oder vierzehn, barfuß, in einem Batik-T-Shirt und engen, unten ausgefransten Jeans mit mindestens einem Dutzend verschiedenen aufgenähten Flicken. Auf einem Flicken im Schritt, gleich über der Scham, war ein Comic-Hahn zu sehen, der muskulöse Flügel spreizte. In weißen, gestickten Lettern stand unter dem Vogel: ICH BIN EIN BÖSER KAMPFHAHN. Das mehr als schulterlange Haar fiel ihr glatt, aber ein bißchen zerzaust über den Rücken, und ihr blasses Gesicht war schmutzig. Sie lächelte uns zögernd an und versuchte uns alle drei gleichzeitig zu mustern, aber sie hatte Mühe, ihren Blick scharfzustellen. Dann schloß sie die Augen, und ihr Kopf baumelte an ihrem dürren Hals.

«Das ist ja ein Kind», sagte Eddie und funkelte Hank wütend an.

Hank zuckte die Achseln. «Ich weiß. Im Kino, ohne Licht, sah sie älter aus, aber ihr habt mir kein Alterslimit gesetzt. Ein Mädchen ist ein Mädchen, und ich hatte schon Mühe genug, die hier aufzureißen.»

«Du hast gekniffen, Hank», sagte ich, «und du weißt es.»

«Wie du meinst, Fuzz-O», sagte Hank. «Wenn ihr nicht zahlen wollt, erlasse ich euch eure Schulden.»

«Keiner hat gesagt, daß er nicht zahlen will», sagte Don. «Aber es ging darum, eine aufzureißen, die alt genug zum Vögeln ist. Du würdest doch keine Vierzehnjährige vögeln.»

«Das war nicht Bedingung», sagte Hank, «aber wenn ihr wollt, nehme ich Hildy mit nach Hause, stell sie unter die Dusche und schieb ihn ihr rein. 'ne Jungfrau krieg ich da sicher nicht...»

Das Mädchen – Hildy – winselte wie ein kleines Hündchen, hustete, würgte ein bißchen und kippte auf dem Sitz zur Seite.

«Niemand wird dir was tun, Kleine», sagte Don.

«Die ist von irgendwas stoned, Hank», sagte ich. «Hol sie lieber raus, bevor sie dir die Polster vollkotzt.»

Hank bückte sich, lehnte sich in den Wagen und schob dem Mädchen die Augenlider hoch. Er legte ihr einen Zeigefinger an den Hals und packte ihr dünnes Handgelenk, um nach dem Puls zu tasten. Dann schlug er die Wagentür zu und lehnte sich dagegen. Sein rotes, sonnenverbranntes Gesicht war rosa wie eine Wassermelone – bleicher konnte Hank nicht werden.

«Sie ist tot», sagte er. Er holte seine Zigaretten heraus und steckte sich eine in den Mund, aber er brachte sein Feuerzeug nicht in Gang. Ich zündete mir selbst eine Zigarette an und hielt ihm dann das Streichholz hin. Seine Finger zitterten.

«Mach keine Spielchen, Hank», sagte Don. «Solche Scheiße ist nicht komisch.»

«Sie ist tot, Don», sagte Hank.

«Bist du sicher?» sagte Don.

«Hör mal, Mann...» Hank fuhr sich mit den Fingern durch das locker aufgefönte Haar und nahm dann einen langen Zug von seiner Zigarette. «Tot ist *tot*, Mann! Ich hab schon zu viele... Scheiße, wirklich zu viele...»

«Bleib ruhig, Hank», sagte ich.

«Was machen wir jetzt, Larry?» fragte Don. Hank und Eddie schauten mich an und warteten. Mit achtundzwanzig war ich der Jüngste von uns vieren. Hank war einunddreißig, und Don und Eddie waren beide dreißig, aber weil ich Polizist gewesen war, kippten sie mir jetzt das Problem vor die Füße.

«Wir bringen sie in Hanks Apartment», sagte ich. «Ich fahre Hanks Wagen, und Hank kommt mit mir. Ihr fahrt mit dem *Continental* vor und schließt die Feuertür zur Nordwesttreppe auf. Wartet bei der Tür auf uns, denn sie liegt Hanks Apartment am nächsten. Und während ihr drei sie rauf in die Wohnung bringt, parke ich Hanks Wagen.»

«Okay», sagte Don. «Los, Eddie.»

«Nicht rennen, Herrgott», sagte ich.

Sie bremsten sich und gingen langsam. Hank gab mir seine Autoschlüssel, und ich ging um den Wagen herum und setzte mich ans Steuer.

Auf dem Heimweg zum *Dade Towers* fuhr ich vorsichtig. Hank saß auf dem Rallyesitz neben mir und hielt das Mädchen bei den Schultern fest. Er hatte ihre Beine eingeknickt; sie hockte kniend auf dem Boden, und ihr Gesicht befand sich in Höhe des Handschuhfachs. Er umklammerte ihre Schultern mit beiden Händen und hielt sie aufrecht.

«Wie bist du an sie gekommen, Hank?» fragte ich.

«Donnerstags abends ist anscheinend nicht viel Betrieb», sagte er. «Es sind nur ungefähr fünfundzwanzig Autos drin. Kaum jemand war an der Snackbar. Ich hab mir einen Pappbecher von der Theke geholt und bin rausgegangen, um mein Bier hineinzuschütten. Manchmal, weißt du, ist ein Bulle da, und man darf im Drive-in kein Bier trinken, weißt du.»

«Ich weiß.»

Das Mädchen hatte unter sich gehen lassen, und der Geruch von Ammoniak und Kot war durchdringend. Daß sie herumgeschoben worden war, hatte die Sache nicht gerade besser gemacht. Ich drückte auf den Knopf, um die Fenster herunterzulassen, und schaltete die Klimaanlage ab.

«Das war eine gute Idee», sagte Hank. «Na, jedenfalls hab ich die Bierdose in eine Mülltonne geworfen und bin um die Snackbar herum zum Damenklo gegangen. Ich dachte, vielleicht kommen Frauen heraus, und ich könnte eine ansprechen, aber es kam keine. Dann ging ich hinten um das Gebäude herum zur anderen Seite. Hildy hier stand draußen im Freien, nicht weit von der Herrentoilette. Sie stand bloß so da und starrte auf die Leinwand. Das nächste Auto stand ungefähr fünfzehn Meter weit weg – ich habe schon gesagt, daß nur ungefähr fünfundzwanzig Autos da waren, oder?»

«Ja. Viele Leute kommen erst zum zweiten Film, weil der meistens der beste ist.»

«Kann sein. Jedenfalls war niemand in unserer Nähe. ‹Hi›, sagte ich, ‹wartest du auf mich?› Sie kicherte bloß und murmelte etwas. ‹Auf wen?› sagte ich, und da sagte sie: ‹Auf den Mann im gelben Overall.›

‹Ach so›, sagte ich. ‹Der schickt mich; ich soll dich abholen. Ich heiße Hank – und du?›

‹Hildy›, sagte sie.

‹Genau›, sagte ich, ‹dann bist du die richtige. Ich hoffe bloß, du hast nichts gegen Purpur statt Gelb.›

Dann fragte sie mich, ob sie einen Schluck von meiner Coke haben könnte. Sie dachte, ich hätte eine Coke, weil es ein roter Pappbecher war, weißt du. Ich ließ sie trinken, und sie verzog das Gesicht. Dann nahm sie meine Hand, als ob ich ihr Vater wäre oder so was, und ich führte sie zu meinem Wagen. Es war stockfinster da drin, Larry, und ich schwöre dir, sie sah älter aus – ungefähr wie eine Siebzehnjährige.»

«Darauf kommt's jetzt nicht mehr an», sagte ich.

«Wahrscheinlich nicht. Verdammt, ich wünschte, ich hätte was zu trinken.»

«In deiner Wohnung gibt's was.»

Die Operation im *Dade Towers* verlief so reibungslos, als hätten wir es geprobt. Ich parkte an der Ecke, nur drei Schritt vor der Tür. Hank wickelte Hildy in ein altes Strandlaken, das er auf dem Rücksitz liegen hatte, und Eddie öffnete die Wagentür. Die Feuertür zur Treppe, die selten benutzt wurde, ließ sich nur von innen öffnen. Don hielt Hank und Eddie die Tür halb auf, und sie hatten das Mädchen ins Haus und die Treppe hinaufgeschafft, bevor ich über die Straße auf den Parkplatz gefahren war. Ich parkte auf Hanks Stellplatz, schloß den Wagen ab und schob mir Hildys Handtasche unter mein T-Shirt.

Oben angekommen klopfte ich leise an Hanks Apartmenttür. Don öffnete sie einen Spalt breit und vergewisserte sich, daß ich es war, bevor er mich hereinließ. Hildy lag auf dem Rücken auf der Couch, unter sich das Strandlaken. Sie war nur knapp eins vierzig, und der ausgestopfte Segelfisch über ihr an der Wand sah fast doppelt so groß aus wie sie. Der mit gelber Kreide geschriebene Name des Fisches, «Hanks Torheit», erschien jetzt irgendwie passend. Als ich zu den andern trat, reichte Hank mir einen Scotch pur mit Eis.

Zu viert standen wir im Halbkreis um das Mädchen herum und schauten eine Weile auf sie hinunter. Ihre braunen Augen waren halb offen, und sie hatte gelben «Sand» in den Augenwinkeln. Auf der Stirn waren ein paar Pickel, und sie hatte Sommersprossen auf Nase und Wangen. Am linken Mundwinkel hatte sie einen gelblichen Knutschfleck, und ihre bleichen Lippen trugen keinen Lippenstift. Unter dem Schmutz war ihre Haut so weiß, daß sie beinahe durchsichtig wirkte, und an ihrer rechten Schläfe war eine deutlich sichtbare dunkelblaue Ader. Sie trug keinen BH unter dem T-Shirt; mit ihren halb erwachsenen Brustbeulen brauchte sie auch keinen.

«Sie sieht aus wie eine Pfadfinderin im ersten Jahr», sagte Eddie.

Don fing an zu weinen.

«Herrgottnochmal, Don –» sagte Hank.

«Laß ihn in Ruhe, Hank», sagte ich. «Mir ist selber zum Heulen.»

Don setzte sich in den dänischen Sessel vor dem Fernseher, zog sein Taschentuch heraus, wischte sich die Augen ab und putzte sich dann die Nase.

Ich leerte die Handtasche – eine Patchwork-Tasche aus blaurotem Leder mit einem langen, geflochtenen Schulterriemen – auf dem Couchtisch aus. Da lagen zwei Tablettenröhrchen aus Plastik; eins war mit orangegelben, herzförmigen Tabletten gefüllt, die ich als Dexedrin erkannte, und die anderen waren rund und weiß, aber größer als Aspirin, und die Buchstaben «M. T.» waren hineingestanzt. Marihuana war da, ein Pennylutscher in gelbem Papier, wie ihn die Kids im *7/Eleven* kaufen, eine Rolle Scheine, die mit einem Gummiband zusammengehalten wurde, ein gebrauchtes, zusammengeknülltes Kleenex und ein stumpfer, etwas verbogener Aluminiumkamm.

Während ich anfing, das Geld zu zählen, sagte ich zu Eddie: «Durchsuch die Leiche, Ed.»

«Nein.» Er schüttelte den Kopf.

«Ich mach dir noch einen Drink, Ed.» Hank nahm Eddies Glas, und sie gingen hinüber zum Küchentisch. Don hockte regungslos in dem dänischen Sessel und starrte zu Boden, ohne mit der Wimper zu zucken.

Die Rolle enthielt achtunddreißig Dollar; ein Schein war ein Fünfer, der Rest Einer. Ich leerte die vorderen Hosentaschen des Mädchens; das war nicht leicht, weil ihre Jeans so eng saß. In der rechten Tasche waren zwei Vierteldollarstücke und drei Cent, in der linken ein zusammengefalteter Notizzettel. Er enthielt eine Art Liste, mit blauem Filzstift geschrieben. *«30 Ludes, 50 Bs, kein Gold»*. Sie hatte nur eine Gesäßtasche, und die bestand aus einem amateurhaft aufgenähten Flicken. Der Flicken war aus rotem Jeansstoff, und darauf stand in weißen Lettern: «Leck mich an der Tasche.» Die Tasche war leer.

«Sie hat keinen Ausweis, Hank», sagte ich.

«Was machen wir jetzt?» fragte Eddie. «Rufen wir die Cops?»

«Wie sieht dein Flugplan aus?» fragte ich.

«Ich fliege Samstag nach New York. Wieso?»

«Wie würde es dir gefallen, Flugverbot zu kriegen und drei Monate unbezahlte Suspendierung vom Dienst dazu?» fragte ich. «Im Zusammenhang mit den Ermittlungen zum Drogentod einer Minderjährigen?»

«Wir haben doch gar nichts gemacht», sagte Eddie.

«Nein», sagte ich, «aber das würde nicht verhindern, daß dein Name in die Zeitung kommt und daß du ein paar unangenehme Vernehmungen auf dem Revier durchzustehen hättest. Und Hank ist in einer noch heikleren Position als du bei deiner Airline – schließlich hat er Zugang zu Drogen und so weiter. Falls oder wenn man gegen ihn ermittelt und der Name der Firma in die Presse kommt, dann kann er, sobald er außer Verdacht ist, bestenfalls mit einer Versetzung nach Yuma, Arizona, rechnen.»

Hank schauderte es, und er setzte sich neben mich auf den geradlehnigen Rohrstuhl an den Couchtisch. Er öffnete das Röhrchen mit den Tabletten, auf denen «M. T.» stand.

«Methaqualon», sagte er. «Aber die sind nicht von meiner Firma. Wir stellen sie auch her, aber unsere Marke heißt ‹Meltin›. Hier in dem Röhrchen sind noch zwanzig Stück; sie kann also eine oder ein ganzes Dutzend genommen haben – vielleicht auch noch mehr. Und vier oder fünf können genügen, sie ersticken zu lassen.» Er zuckte die Achseln und schaute zu der Leiche des Mädchens auf dem Sofa hinüber. «Das Dumme ist, diese Junkies fahren manchmal Cocktails aus allem möglichen ein. Ich schätze, sie wiegt ungefähr fünfundsiebzig Pfund, und wenn sie Dexies und M. T. zusammen genommen hat, dann ist es ein Wunder, daß sie überhaupt noch auf den Beinen stehen konnte, als ich sie ansprach.» Er zupfte an seiner Unterlippe. «Wenn einer von uns auch nur drei Preludin schluckte, würde er mindestens zehn Stunden ohne Unterbrechung schlafen. Aber wenn Hildy hier das Zeug schon seit einer Weile genommen hat, könnte sie eine gewisse Gewöhnung entwickelt haben, und ...»

«Spar's dir, Hank», sagte ich. «Das Mädchen ist tot, und wir wissen nicht, wer sie ist – aber das müssen wir wissen. Ich glaube, das beste wäre es, wenn wir den Kerl im gelben Overall finden und sie ihm übergeben könnten.»

«Was für einen Kerl in was für einem gelben Overall?» fragte Eddie. Hank erzählte den anderen, was das Mädchen gesagt hatte: daß sie auf einen Mann im gelben Overall wartete.

«Glaubst du, es war vielleicht ihr Vater?» meinte Don.

«Zum Teufel, nein», sagte ich. «Aber wer immer er ist, sie ist sein Baby, nicht unseres.»

«Wo sollen wir ihn finden?» fragte Eddie.

«Im Autokino», sagte ich. «Ich hole meine Pistole aus meinem Apartment, und dann fahren wir zurück und suchen ihn.»

«Soll ich meine Pistole auch mitnehmen, Larry?» fragte Eddie.

«Besser nicht», sagte ich. «Ich habe eine Lizenz, du nicht. Du und ich und Hank, wir fahren zurück. Du solltest bei der Kleinen bleiben, Don.»

«Ich würde lieber mitfahren», sagte Don.

«Nein», sagte ich. «Jemand sollte bei dem Mädchen bleiben. Wir nehmen deinen Wagen, Hank.» Ich gab ihm die Schlüssel zurück. «Wir treffen uns unten auf dem Parkplatz.»

Ich ging in meine Wohnung und zog mir eine lange Hose an. Ich schob meinen Revolver, einen .38er Colt *Cobra* mit Zwei-Zoll-Lauf, in den Halfter und klemmte mir die Waffe im Halfter hinter den Hosenbund. Um den Griff zu verdecken, zog ich eine sandfarbene leichte Golfjacke an und machte den Reißverschluß zu. Hank und Eddie saßen schon im *Galaxie*, Eddie auf dem Rücksitz, Hank am Steuer, als ich auf den Parkplatz kam. Ich setzte mich vorn neben Hank.

Auf der Fahrt zum Kino erklärte ich ihnen, wie wir unser Suchunternehmen durchführen würden. Hank konnte mit der vorderen Reihe Autos anfangen und von einem zum anderen gehen, und Eddie konnte sich zuerst die hintere vornehmen. Ich würde an der Snackbar anfangen und auch das Herrenklo kontrollieren, und dann würde ich in die Autos schauen, die dicht bei der Snackbar parkten. Außerdem würde ich auf neuankommende Wagen achten und mir die Position der Neuankömmlinge merken, falls es welche geben sollte; wir könnten sie dann untersuchen, wenn wir mit denen, die schon da waren, fertig wären.

«Und noch eins», sagte ich. «Wenn ihr den Typen seht, tut gar nichts. Wir treffen uns auf der Herrentoilette, und dann nehmen wir ihn uns zusammen vor. So viele Autos sind ja nicht da; wir dürften also in fünf Minuten mit der Suche fertig sein.»

«Und wenn er nicht da ist?» fragte Eddie.

«Dann warten wir. Ich denke, er wird schon aufkreuzen. Meine Sorge ist nur, daß er vielleicht nicht allein ist; dann ist es nämlich schwerer, ihn zu erkennen. Andererseits, so viele Männer in Overalls, zumal in gelben, gibt es nun auch wieder nicht. Es dürfte also ein Kinderspiel sein, ihn zu finden.»

«Nicht unbedingt», meinte Hank. «Vielleicht ist er eine Halluzination, und die Kleine war auf einem Trip. Verflucht, ich brauchte sie praktisch nicht zu überreden mitzukommen; sie wäre mit jedem mitgegangen. Sie war völlig weg, Larry.»

«Wir müssen den Kerl nicht suchen, Hank», sagte ich. «Wenn du meinst, es ist Zeitverschwendung, fahren wir wieder nach Hause und schmeißen die Leiche irgendwo in einen Kanal.»

«O Gott, Larry», sagte Eddie, «brächtest du das fertig?»

«Was schlägst du sonst vor?»

«Gar nichts», sagte Eddie. «Aber bevor wir irgendwas Drastisches machen, denke ich, sollten wir lieber nach ihrem Freund im Overall suchen.»

«Deswegen fahren wir ja zum Drive-in», sagte Hank.

Ich nahm einen Fünfer und einen Einer aus der Brieftasche und hielt das Geld bereit, um es dem Mädchen in der Kasse hinüberzureichen, sobald Hank anhielte. Hank hatte die Scheinwerfer ausgeschaltet, aber einen Augenblick lang bedauerte ich, daß wir nicht meinen *Vega* genommen hatten, statt mit seinem *Galaxie* zurückzufahren. Der *Galaxie* hatte ein «E» vor dem Kennzeichen, weil er von Hanks Firma geleast war. Aber jetzt saßen drei im Wagen und nicht nur einer, und so war es doch unwahrscheinlich, daß das Mädchen einen Zusammenhang mit Hanks früherem Besuch herstellen würde.

Wir parkten in der letzten Reihe. Der nächste Wagen stand drei Reihen vor uns. Als wir ausstiegen, lachte Eddie unvermittelt.

«Was sollen wir sagen», fragte er, «wenn jemand wissen will, wieso wir in seinen Wagen gucken? Nicht alle kommen hierher in dieses Flohkino, um sich einen Film anzusehen, wißt ihr.»

«Macht kein großes Theater», sagte ich. «Ein kurzer Blick hinein, und gleich weitergehen. Wenn tatsächlich jemand etwas sagt, fragt ihr nach Streichhölzern. Das ist als Ausrede so gut wie jede andere. Aber schaut von der Seite oder von hinten in die Autos; dann gibt's keinen Ärger. Nur denkt daran: Wenn ihr den Typen seht, geht weiter an der Reihe der Autos entlang wie vorher. Nicht gleich aufhören und zum Herrenklo laufen, denn dann könnte er Verdacht schöpfen.»

Ein paar Minuten später trafen wir uns auf der Toilette. Ich zündete mir eine Zigarette an, und Eddie und Hank schüttelten den Kopf. Ich war nicht überrascht. Ich hatte nicht damit gerechnet, einen Mann im gelben Overall zu finden. Ehrlich gesagt, ich hatte den Verdacht, daß Hank die Geschichte erfunden hatte. Und doch war es vernünftig, sie alle drei zu beteiligen. Mir war von Anfang an klar gewesen, daß ich derjenige sein würde, der die Leiche des Mädchens beseitigen mußte, aber nachher wäre es besser, wenn diese Typen glaubten, sie hätten alles getan, was in ihrer Macht stand, bevor sie die Kleine in einen Kanal kippten.

«Okay», sagte ich. «Um sicherzugehen, fangen wir noch mal von vorn an. Aber diesmal, Eddie, fängst du mit der ersten Reihe an, und du, Hank, mit der letzten. Es kann nicht schaden, die Gegenprobe zu machen.»

«Wenn du es wirklich für nötig hältst», sagte Hank.

«Wir müssen sowieso warten», sagte ich.

Sie zogen wieder los. Nötig war es überhaupt nicht, aber ich wollte sie beschäftigen. Sie hatten nicht soviel Geduld wie ich. Diese Burschen hatten noch nie drei Nächte hintereinander in einem Schnapsladen auf Posten gesessen und gewartet. Aber ich. Ich ging um die Snackbar herum nach hinten, wo es am dunkelsten war, und behielt die Kasseneinfahrt im Auge, die ungefähr hundert Meter weit entfernt war. Zwei Autos, beide mit Standlicht, kamen herein. Das erste bog in die zweite Reihe und zwängte sich in eine freie Lücke. Der zweite Wagen, ein Cabrio, fuhr ganz nach hinten und parkte schätzungsweise auf dem dritten Platz rechts von Hanks Wagen. Wenn man herkam, um sich den Film anzusehen, war es ein schlechter Platz, so weit weg von der Leinwand und in diesem schrägen Winkel. Ein Mann stieg aus und ging auf die Snackbar zu.

Ich lief Hank nach und zeigte ihm den Mann, als er langsam auf uns zukam; sein Schritt war tastend, weil seine Augen sich noch nicht an die Dunkelheit gewöhnt hatten. «Ich glaube, wir haben ihn, Hank», sagte ich. «Geh geradewegs auf ihn zu und bitte ihn um Feuer, und ich gehe außen herum und komme von hinten heran.»

«Und wenn er eine Waffe hat?» fragte Hank.

«Ich habe auch eine Waffe. Beeil dich.»

Als Hank den Mann ansprach, war ich ungefähr zehn Schritt hinter ihm. Er gab Hank Feuer mit seinem Feuerzeug. Dann hörte er mich und drehte sich um. Ich spannte den Schlagbolzen meines .38ers mit einem Klick, als er sich umdrehte.

«Gehen wir zurück zu deinem Wagen, mein Freund», sagte ich.

«Ein Überfall im Autokino? Scheiße, ihr könnt sie doch nicht mehr alle haben», sagte er.

«Weg von ihm, Hank», sagte ich. «Wenn er sich nicht in ungefähr einer Sekunde bewegt, schieße ich ihm die Eier ab.»

«Ich beweg mich ja, ich beweg mich», sagte der Mann. Er hob die Hände über den Kopf und wackelte mit den Fingern.

«Nimm die Hände runter, du Arsch», sagte ich. «Verschränk die Arme vor der Brust.»

Als er vor seinem Wagen stand, einem dunkelblauen *Starfire* mit offenem Verdeck, befahl ich ihm, sich auf den Beifahrersitz zu setzen. Eddie atmete hörbar durch den Mund, als er kurz darauf zu uns kam.

«Okay, Hank», sagte ich. «Genauso wie mit der Kleinen. Du fährst voraus, holst Don, und ihr macht uns die Feuertür auf. Eddie fährt diesen Wagen, und ich beobachte den Drecksack vom

Rücksitz aus. Okay, mein Freund, jetzt legst du die Hand auf das Armaturenbrett, und mit der anderen reichst du die Schlüssel herüber.»

«Nichts da», sagte er. «Wenn ihr meine Kohle wollt, dann nehmt sie euch, aber ich fahre hier nicht weg –»

Er saß aufrecht mit verschränkten Armen auf dem Sitz und blickte starr geradeaus. Er trug einen gelben Overall, und an der coolen Art, wie er die Sache nahm, sah ich, daß wir den richtigen Mann hatten. Ich schlug ihm den Revolverlauf über die Nase. Die Nase brach, und Blut spritzte heraus. Er quiekte und griff mit der Rechten an seine Nase.

«Arme verschränken», sagte ich.

Hastig verschränkte er seine Arme wieder, aber er drehte den Kopf und funkelte mich an. «So», sagte ich. «Langsam und mit einer Hand reichst du dem Fahrer deine Schlüssel.»

Er behielt den rechten Unterarm vor der Brust und wühlte mit der linken Hand seine Schlüssel aus der linken Hosentasche. Eddie rutschte auf den Fahrersitz, schlug die Tür zu und nahm die Schlüssel.

«Nun fahr schon», sagte ich zu Hank, der immer noch dastand. «Wir kommen gleich nach.»

Er ging zu seinem Wagen. Ich kletterte über die Seitenwand auf den Rücksitz des *Starfire*, und Eddie ließ den Motor an.

«Warte, bis Hank die Ausfahrt freigemacht hat, bevor du hinausfährst», sagte ich zu Eddie.

«Wo wollt ihr mich eigentlich hinbringen?» fragte der Mann. «Ich habe Freunde, wißt ihr. Und daß du mir die Nase gebrochen hast, wird dir auch noch leid tun, verflucht. Das tut schweinisch weh.» Er berührte mit der Rechten seine geschwollene Nase.

«Klappe», sagte ich. «Und halte die Arme verschränkt. Wenn du noch mal einen Arm bewegst, jage ich dir eine Kugel durch die Schulter.»

Eddie fuhr hinaus; er steuerte den Wagen geschickt bis zum äußersten rechten Ende der Reihe, bevor er in die Ausfahrt einbog, ohne die Scheinwerfer einzuschalten. Der Mond war viertelvoll, der Himmel wolkenlos, und wir waren jetzt lange genug im Autokino gewesen, um mühelos sehen zu können.

Als wir an der Feuertür des *Dade Towers* ankamen, erwarteten Don und Hank uns schon. Ich befahl dem Mann im gelben Overall, Don zu folgen, und Hank folgte mir, als wir die Treppe hinaufgingen. Eddie parkte das Cabrio auf dem Besucherparkplatz auf der anderen Straßenseite und kam dann mit dem Aufzug zu Hanks Apartment herauf.

Während wir weg waren, hatte Don den Fernsehapparat eingeschaltet und den Ton abgedreht. Auf dem Bildschirm standen Doris Day und Rock Hudson neben einem Kombiwagen in einer Vorortstraße. Sie wedelte mit den Armen.

Der Mann im gelben Overall reagierte überhaupt nicht, als er das tote Mädchen sah. Statt sie anzusehen, schaute er auf den stummen Bildschirm. Natürlich hatte er Angst, und er zitterte sichtbar, aber in Panik geriet er nicht. Er stand zwischen Couch und Kochnische, hatte dem Mädchen den Rücken zugewandt und starrte uns nacheinander herausfordernd an, als wollte er sich unsere Gesichter einprägen.

Er war ungefähr fünf-, sechsundzwanzig Jahre alt und trug das rotbraune Haar in einer glänzenden Prinz-Eisenherz-Frisur. Oben war das Haar heller, wahrscheinlich durch die Sonne, aber der Haarschnitt sah teuer aus. Seine dichten braunen Augenbrauen berührten sich über der gebrochenen Nasenwurzel, als er die Stirn krauszog. Seine langen Koteletten wuchsen spitz zulaufend herunter, bis sie nur noch einen Viertelzoll breit waren, und schwangen sich dann über die Wangen zu seinem Schnurrbart hinauf, der zu einem schmalen, halbzölligen Streifen zurechtgestutzt war. So sah sein Bart, der kurvig über beide Wangen mit den Koteletten verbunden war, aus wie ein elegantes, kursives kleines «*m*». Seine dunkelblauen Augen tränten ein bißchen. An seinem Schnurrbart und seinem Kinn trocknete das Blut, und sein zitronengelber Popeline-Overall war vorn fein betröpfelt wie ein Jackson-Pollock-Gemälde. Seine Nase blutete nicht mehr.

Overalls als Freizeitkleidung gibt es seit ein paar Jahren, aber erst in den letzten zwei Jahren haben die Männer angefangen, sie auf der Straße zu tragen, nicht mehr nur zu Hause oder am Strand. Das hat seinen Grund. Sie sind bequem, und man kann sich großartig darin herumflegeln – bis man im Spiegel mal gründlich sein Profil betrachtet. Wenn man auch nur die Andeutung eines Bauches hat – zwei Zoll mehr Umfang, als man haben sollte, reichen da schon –, dann sieht man in einem Overall, der ja im Grunde nicht mehr ist als ein aufgepeppter Arbeitsanzug, aus, als hätte man einen Schmerbauch. Ich habe einen kurzärmeligen blauen Frottee-Overall, den ich ab und zu am Pool trage, aber ich würde ihn nie anziehen, wenn ich fortgehen wollte. Als ich noch bei der Polizei war und ungefähr hundertfünfundsiebzig Pfund wog, hätte ich damit auch in die Stadt gehen können, aber seit ich bei *National* am Schreibtisch sitze, habe ich mehr als zwanzig Pfund zugenommen. Meine Bundweite ist von 32 auf 36 gewachsen, und in dem Overall sehe ich aus, als ob ich einen Bauch hätte. So sind die Dinger geschnitten.

Aber dieser Typ im gelben Overall war schlank; er wog vielleicht hundertfünfundsechzig Pfund und war knapp eins achtzig groß. Der Popeline-Overall war hauteng – wahrscheinlich angemessen und dann noch einmal enger geschnitten –, und er trug ihn ohne den üblichen gleichfarbigen Gürtel. Er hatte kurze Ärmel, und seine sehnigen Unterarme waren behaart. Dunkles, rötliches Brusthaar quoll lockig auch oben aus dem Anzug; er hatte den Reißverschluß ungefähr zwei Handbreit offengelassen. Und er trug hochglanzpolierte Lederstiefel mit Reißverschlüssen.

«Wie heißt das Mädchen?» fragte ich ihn.

«Woher soll ich das wissen?» fragte er. «Ich hab sie noch nie gesehen. Was ist überhaupt los mit ihr?»

«Mit ihr ist nichts mehr los», sagte Don. «Sie ist jetzt tot, und du hast sie umgebracht!» Don wollte sich auf ihn stürzen, aber Hank packte ihn bei den Oberarmen und drängte ihn sanft zurück.

«Immer mit der Ruhe, Don», sagte Hank. «Überlaß Larry die Sache.» Als Don nickte, ließ Hank ihn los.

«Tritt einen Schritt vor», sagte ich, «und leg die Hände oben auf den Kopf.» Der Mann trat schlurfend vor und legte die Hände auf den Kopf. «Hier, Don», sagte ich und gab Don die Pistole. «Halte ihn in Schach, während ich ihn durchsuche. Wenn er Dummheiten macht, schießt du ihm ins Knie.»

«In Ordnung, Larry», sagte Don. Seine Hand zitterte nicht, als er mit dem .38er auf die Kniescheibe des Mannes zielte.

«Ich halte die Pistole, Don», sagte Hank, «wenn du willst.»

Don schüttelte den Kopf, und Eddie grinste und zwinkerte mir zu, als ich hinter den Mann im Overall trat, um ihn zu durchsuchen.

«Laß ihn in Ruhe, Hank», sagte ich. «Warum machst du uns nicht was zu trinken?»

Ich warf eine Straußenlederbrieftasche, ein Taschentuch und einen silbernen Kugelschreiber von hinten auf den Couchtisch. Waffen hatte der Mann nicht, und in seinen Taschen fanden sich weniger als zwei Dollar in Kleingeld. Er hatte eine Packung *Iceberg*-Zigaretten, in der drei Stück fehlten, und ein goldenes Dunhill-Feuerzeug.

An seiner Hüfte, unter dem Anzug, fühlte ich einen Ledergürtel. Ich trat vor ihn und faßte den Ring des Reißverschlusses. Seine Hände zuckten herunter, und er packte mich bei den Handgelenken. Don trat vor und stieß ihm die Mündung des Revolvers gegen die linke Kniescheibe. Der Mann ließ meine Handgelenke sofort los.

«Um Gottes willen, nicht schießen!» sagte er und legte die Hände wieder auf den Kopf.

«Schon gut, Don», sagte ich.

Don trat zurück. Ich zog den Reißverschluß bis weit unter die Taille herunter. Er trug keine Unterwäsche, nur den Gürtel. Es war ein einfacher brauner Anzuggürtel aus Rindsleder, drei bis vier Zentimeter breit. Ich öffnete die Schnalle, riß ihm den Gürtel vom Körper und drehte ihn um. Es war ein Geldgürtel mit einem Reißverschluß auf der Rückseite, wie sie jeden Monat in den Männermagazinen angeboten werden. Wenn er diesen Gürtel mit einer normalen Hose getragen hätte, wäre kein Mensch auf die

Idee gekommen, daß es ein Geldgürtel sein könnte. Ich öffnete das Reißverschlußfach. Acht Hundert-Dollar-Scheine und zwei Fünfziger steckten längs gefaltet in dem schmalen Fach. Ich faltete die Scheine auseinander und zählte sie auf den Couchtisch.

«Das ist nicht mein Geld», sagte der Mann im gelben Overall.

«So ist es», sagte Eddie und lachte. «Jetzt nicht mehr.»

«Ich sag's euch, jetzt und hier», sagte der Mann. «Die Kohle gehört mir nicht. Nehmt sie, und ihr habt Ärger. Großen Ärger.»

Ich setzte mich an den Couchtisch und durchsuchte seine Brieftasche. Eddie setzte sich neben mich auf einen zweiten geradlehnigen Stuhl. Hank stellte zwei Scotch mit Eis vor mich hin. Er zeigte Don ein leeres Glas und zog die Brauen hoch. Don schüttelte den Kopf, ohne den Blick von dem Mann im gelben Overall zu wenden. Hank lehnte sich mit einem frischen Drink in der Hand an den Durchgang zur Kochnische und starrte den Mann an.

In der Brieftasche steckten drei Tankkreditkarten; Gulf, Exxon und Standard Oil. Die Gulf-Karte lautete auf den Namen A. H. Wesley, die Exxon-Karte auf A. Franciscus, und auf der Standard-Oil-Karte stand L. Cohen. Alle drei Karten trugen Adressen in Miami. Einen anderen Ausweis enthielt die Brieftasche nicht, wohl aber noch einmal achtzig Dollar in Scheinen und einen Zeitungscoupon, der den Mann zu einem Dollar Rabatt bei einer Riesenportion *Colonel Sander's Fried Chicken* berechtigte. Dann waren da noch ein Parkzettel für die Garage im *Dupont Plaza Hotel,* ein Elfenbeinzahnstocher in einem kleinen Lederetui und ein Schlüssel zu einem Fünfundzwanzig-Cent-Schließfach. Busbahnhof? Flughafen? Irgendein öffentlicher Ort, wo es Schließfächer gab. Und das war alles.

«Ich habe noch nie eine Brieftasche gesehen, wo so wenig drin war», sagte ich zu Eddie.

«Ich auch nicht», sagte Eddie. «Ich kann meine kaum zuklappen, soviel Müll ist drin.»

«Wer von denen bist du?» fragte ich und las noch einmal, was auf den Tankkreditkarten stand. «Cohen, Franciscus oder Wesley?»

«Ich tanke nicht gern immer dieselbe Marke, Mann», sagte er und kicherte dann.

Ich stand auf und trat ihn mit dem Außenrist vors Schienbein. Weil ich Tennisschuhe trug, tat es nicht halb so weh, wie er vorgab, aber weil er überrascht war, verlor er doch ein bißchen von seiner Fassung.

«Hört mal, Jungs», sagte er, «warum nehmt ihr nicht einfach das Geld und laßt mich gehen? Ich habe nichts getan...»

«Wie heißt das Mädchen?» fragte ich.

«Ich weiß es nicht. Ehrlich nicht.»

«Wie heißt sie? Sie hat uns gesagt, sie wartet auf dich; lügen ist sinnlos.»

«Sie heißt Hildy.» Er zuckte die Achseln, gähnte und wandte den Blick von mir ab.

«Hildy wie?»

«Keine Ahnung, Mann. Sie hat ein bißchen für mich gearbeitet, aber ihren Nachnamen hab ich nie gewußt.»

«Was hat sie gearbeitet?»

«Hat ab und zu ein bißchen Stoff für mich verkauft – in Bethune.»

«Mary Bethune Junior High School?»

«Yeah.»

«Hast du sie heute abend am Autokino abgesetzt?»

«Nein. Ich sollte da ein bißchen Kohle bei ihr kassieren, das ist alles.»

«Weißt du, wie alt sie ist?»

«Sie ist in der achten Klasse, hat sie gesagt, aber wie alt sie ist, hab ich sie nie gefragt. Geht mich nichts an.»

«Du hast sie also auf Drogen gebracht, ohne dich dafür zu interessieren, wie alt sie war?» fragte Hank. «Du bist der mieseste Schweinehund, den ich je gesehen habe.»

«Ich hab sie nicht auf Drogen gebracht, Mann», widersprach der Mann. «Sie nahm allen möglichen Scheiß, lange bevor ich sie kennenlernte. Ich hab ihr höchstens einen Gefallen getan. Sie wohnt bei ihrer Mutter, sagte sie. Ihre Mutter arbeitet nachts, drüben am

Beach, sagte sie. Und ihr Vater ist vor zwei Jahren nach Hawaii abgehauen. Das ist alles. Und der andere Typ, ein Schwarzer, der für mich in Bethune gedealt hat, ist nach Jacksonville verschwunden, mit fünfzig Dollar, die er mir noch schuldet. Da brauchte ich jemanden in Bethune, und ich sagte Hildy, ich würde ihr 'ne Chance geben. Sie brauchte die Knete, sagte sie; sie wollte zu ihrem Vater nach Hawaii. Also hab ich ihr eigentlich einen Gefallen getan.»

Er schwieg. Wir alle starrten ihn an. Unter seiner dicken Sonnenbräune war sein Gesicht gerötet, und er schwitzte heftig, obwohl das Zimmer klimatisiert war.

«Ich bin nicht schlimmer als ihr», sagte der Mann im gelben Overall. «Was zum Teufel soll das denn? Ihr Typen habt sie aufgelesen, um sie zu ficken, oder nicht? Etwa nicht?»

«Soll das heißen, daß du sie auch gefickt hast?» fragte Don.

«Nein – ich habe sie nie angerührt. Vielleicht hat sie mir ein oder zweimal einen geblasen, aber ich habe sie nie angerührt.»

«Was soll das heißen – ‹vielleicht hat sie›?» fragte Don. «Hat sie oder hat sie nicht?»

«Ja, ich schätze, sie hat. Ein oder zweimal. Aber ich habe sie nie dazu gezwungen. Sie wollte es, hat sie gesagt.»

Don schoß. Es klang wie eine kleine Explosion in dem vollen Zimmer. Hank, der in dem Türbogen zur Kochnische stand, ließ sein Glas auf den Boden fallen. Es zerbrach nicht. Eddie, der neben mir saß, sog den Atem ein. Der Mann im gelben Overall krallte beide Hände in seine Brust. Er fiel auf die Knie und bog den Rükken durch, und sein Kopf fiel nach hinten. Er schlug mit dem Hinterkopf auf die Couch, und seine Arme fielen locker herab. In dieser Position blieb er, ohne umzukippen; das Gesicht war zur Decke gewandt und schaute hinauf ins Nichts, Kopf und Nacken ruhten auf der Couch, und er lag mit durchgebogenem Rücken auf den Knien. Aus Dons Kehle kam ein komisches Geräusch. Ein roter Kreis auf der behaarten Brust des Mannes wurde immer größer, und das Blut blubberte aus einem dunklen, runden Loch. Ich stand auf, nahm Don die Pistole aus der Hand und steckte sie wieder in mein Gürtelhalfter. Der Mann im gelben Overall hatte in die Hose gemacht, und der Gestank erfüllte das Zimmer. Ich ging zum Fernseher und drehte den Ton auf.

«Ich habe nicht...» sagte Don. «Ich habe den Abzug nicht angerührt! Das Ding ist von selbst losgegangen!»

«Setz dich hin, Don», sagte Hank. Er ging zu ihm und drückte ihn sanft in den dänischen Sessel. «Wir wissen, daß es ein Unfall war, Don.»

«Eddie», sagte ich, «mach die Fenster auf und stell die Klimaanlage auf Ventilation.»

Eddie nickte und ging ins Schlafzimmer, wo der Thermostat an der Wand saß. Ich öffnete die Tür zum Flur. Ich ließ die Hand auf dem Türknopf und schaute den Korridor hinauf und hinunter. Ein Schuß klingt genau wie ein Schuß und wie nichts sonst. Aber die meisten Leute wissen das nicht. Falls jemand den Kopf herausstrecken sollte, wollte ich ihn fragen, ob er auch eine Fehlzündung gehört hätte. Der Lärm vom Fernseher in Hanks Wohnung war laut genug, um im Hausflur gehört zu werden. Ich wartete noch einen Augenblick draußen, und als kein Kopf erschien, zog ich mich zurück und schob den Riegel vor.

«Larry», sagte Hank, «meinst du, ich sollte Don ein Beruhigungsmittel geben?»

«Verflucht, nein», sagte ich. «Er soll sich 'ne Weile auf dein Bett legen, aber wir wollen doch nicht, daß er tranig wird, Herrgott.»

Don hatte jetzt die Farbe von altem, teurem Pergament, als sei seine olivdunkle Sonnenbräune mit einem starken Bleichmittel bearbeitet worden. Seine Augen blickten ein bißchen glasig, und er stützte sich schwer auf Hank, als der ihn ins Schlafzimmer führte.

Eddie grinste und schüttelte den Kopf. «Was für ein Abend», sagte er. «Als ich das Fenster hinter der Couch aufmachen wollte, habe ich dem Typen aus Versehen auf die Hand getreten. Ich habe ihm einen verdammten Finger gebrochen.» Eddie schaute weg; seine Mundwinkel zuckten.

«Mach dir deswegen keine Sorgen, Ed», sagte ich. «Du und ich, wir werden ihn wegschaffen müssen, weißt du – alle beide.»

«Sieht so aus. Schon 'ne Idee?»

Hank kam aus dem Schlafzimmer. «Ich behandle Don gegen Schock», sagte er. «Ich habe ihn mit einer Wolldecke zugedeckt und mache ihm jetzt einen heißen Tee.»

«Scheiß auf den Tee», sagte ich. «Wegen Don mache ich mir keine Sorgen. Wir müssen die Leichen hier rausschaffen.»

«Das weiß ich selber», sagte Hank. «Was schlägst du vor?»

«Wir legen sie auf den Rücksitz des Cabrios, und dann fahre ich seinen Wagen zum Japanischen Garten am MacArthur Causeway. Da stelle ich ihn auf den Parkplatz und lasse ihn stehen.» Ich sah Eddie an. «Du kannst mir in meinem *Vega* folgen und mich zurückbringen.»

«Okay», sagte Eddie, und ich gab ihm meinen Autoschlüssel.

«Ich komme mit, wenn du willst», sagte Hank.

«Das hat keinen Sinn, Hank. Du kannst hierbleiben, wenn wir die Leichen eingeladen haben, und Don seinen Scheiß-Tee machen.»

«Moment mal», sagte Hank. «Du brauchst hier gar nicht –»

«Was brauche ich nicht?» sagte ich.

«Hört auf, ihr zwei», sagte Eddie. «Mach schon, Larry. Hol das Cabrio und komm zur Feuertür. Ich bringe die Kleine runter, aber ihn da werden wir zu dritt schleppen müssen.»

«Okay», sagte ich. «Stopft die Handtasche der Kleinen, die Börse und das andere Zeug mit Ausnahme des Geldes in eine Papiertüte.» Ich zeigte auf die Sachen, die auf dem Couchtisch lagen. «Und wir brauchen etwas, um ihn zuzudecken.»

«Ich habe eine Militärdecke im Schrank», sagte Hank.

Ich nahm Eddie den Cabrioschlüssel ab und verließ die Wohnung.

Während Eddie und ich das Mädchen hinten zwischen Vorder- und Rücksitzen auf den Boden klemmten, hielt Hank uns die Feuertür auf. Wir deckten sie mit dem Strandlaken zu, und ich stopfte ihr das Ende des Lakens unter den Kopf.

«Sollte nicht einer von uns hier unten beim Wagen bleiben?» meinte Eddie.

«Nein», sagte ich. «Er ist zu schwer. Wir werden alle drei anfassen müssen, um ihn herunterzubringen. Es wird ja nicht lange dauern. Wir müssen es einfach riskieren.»

Auf dem Rückweg in Hanks Wohnung liefen wir auf dem Flur Marge Brewer über den Weg. Sie war in Schwesterntracht und kam vom Dienst im *Jackson Memorial.* Sie kam uns vom Aufzug her entgegen.

«Ich bin erledigt», sagte sie und sah Hank an. «Zwölf Stunden Doppelschicht. Ich werde jetzt eine Riesenkanne Martinis zaubern. Habt ihr Lust, in zehn Minuten runterzukommen? Ich gebe euch was ab.»

«Heute nicht, Marge», sagte Hank. «Wir wollen in den *White Shark*, Pool spielen.»

«Na schön», sagte sie. «Nacht.»

Vor Hanks Apartment blieben wir stehen. Hank fummelte mit seinem Schlüssel an der Tür herum, bis sie den Korridor hinuntergegangen und um die Ecke verschwunden war.

«Geht rein», sagte ich. «Ich ziehe lieber den Nothalt am Aufzug. Du kannst ihn dann wieder einschalten, wenn wir weg sind, Hank.»

Die beiden gingen hinein. Ich lief den Flur hinunter, öffnete die Aufzugtür und zog den roten Knopf heraus. Am anderen Ende des Gebäudes gab es noch einen Aufzug, und die Bewohner, die keine Treppen steigen wollten, konnten den benutzen.

Hank und ich waren viel größer als Eddie, und wir stützten den Mann im gelben Overall zwischen uns. Wir schlangen uns jeder einen Arm um die Schultern und schleppten ihn den Gang hinunter, wobei seine Füße auf dem Boden schleiften. Wenn jemand uns sehen sollte, würde es – zumindest aus einiger Entfernung – den Anschein haben, als schleppten wir einen Betrunkenen ab. Eddie ging ein paar Schritt vor uns her; er trug die zusammengefaltete Militärdecke und die Tüte mit den Sachen. Treppabwärts ging es sehr viel leichter. Ich ging voran und hielt die Füße, während Hank und Eddie ihn von hinten untergefaßt hatten. Nachdem wir ihn hinten im Wagen auf das Mädchen gelegt und mit der Armeedecke zugedeckt hatten, setzte ich mich ans Steuer. Die Feuertür war zugeschlagen, während wir ihn verstauten, und so ging Hank jetzt den Gehweg hinunter zum Eingang des Apartmenthauses.

«Paß auf, Eddie», sagte ich. «Du fährst so dicht hinter mir, wie du kannst. Wenn ich – egal, aus welchem Grund – angehalten werde, werde ich aussteigen und losrennen wie ein gestreifter Affenarsch. Und dann will ich dich hinter mir haben, damit du mich aufsammelst. Okay?»

«Kein Problem, Larry», sagte Eddie. «Wenn du willst, fahre ich das Cabrio. Ich fahre besser als du.»

Ich schüttelte den Kopf. «Deshalb will ich dich ja hinter mir haben – für den Fall, daß wir mit dem *Vega* abhauen müssen. Außerdem fahre ich nicht über dreißig, und wenn ich über die Brücke fahre, vor dem Goodyear-Landeplatz, werfe ich meine Kanone übers Geländer. Das geht vom Cabrio aus sehr viel leichter.»

«Dann los. Ich bin gleich hinter dir.»

Ich warf den Revolver samt Halfter weg, als ich über die Brücke fuhr, und wenige Augenblicke später stand ich auf dem Parkplatz des Japanischen Gartens. Andere Autos waren nicht da. Der Garten an sich war nachts geschlossen, und er war eingezäunt, damit in der kleinen Bambus-Teehütte keine Hippies schliefen. Aber der Parkplatz lag außerhalb des Zauns. Manchmal benutzten nachts Liebespaare den Platz, aber weil die meisten Leute wußten, daß der Garten nachts geschlossen war, kamen sie nicht auf die Idee, daß man den Parkplatz noch benutzen konnte. Eddie hielt neben mir an und schaltete die Scheinwerfer aus.

Ich zog ein paar Kleenex-Tücher aus dem Handschuhfach meines *Vega* und wischte Lenkrad und Türen des Cabrios ab. Das tat ich hauptsächlich, um Eddie eine Freude zu machen; es ist fast unmöglich, in einem Auto anständige Fingerabdrücke zu finden. Dann holte ich die Militärdecke, das Strandlaken und die Tüte mit den persönlichen Sachen. Als wir zum *Dade Towers* zurückfuhren, faltete ich die Decke und das Laken auf dem Schoß zusammen.

Eddie sagte: «Was hältst du davon, Fuzz-O?»

«Wovon?»

«Von der ganzen Sache. Meinst du, wir kommen damit durch?»

«Ich mache mir Sorgen wegen Don.»

«Wegen Don brauchst du dir keine Sorgen zu machen», sagte Eddie. «Don ist okay.»

«Wenn ich mir wegen Don keine Sorgen zu machen brauche», sagte ich, «dann brauche ich mir überhaupt keine zu machen.»

«Du brauchst dir wegen Don keine Sorgen zu machen», wiederholte Eddie.

«Gut. Wenn du an einem Furunkel nicht kratzt, näßt es auch nicht.»

«Hey! Das ist ja Lyrik, Larry.»

«Das ist eine Tatsache», sagte ich. «Wenn du auf die Siebenundzwanzigste stößt, fährst du auf den Parkplatz beim *Food Fair.* Da schmeiße ich das ganze Zeug in den Müllcontainer.»

Als wir wieder in Hanks Apartment kamen, saßen Don und Hank vor dem Fernseher. Don hatte seine Farbe wieder, und er trank Rotwein mit Eiswürfeln. Hank hatte einen alten Elektroventilator und einen Rest Weihnachtsbaumspray vom letzten Fest aus dem Schrank gewühlt. Die Fenster standen noch offen, aber der durchdringend duftende Spray, den der lärmende Ventilator verteilte, sorgte dafür, daß es im Zimmer roch wie in einem Fichtenwald. Ich schaltete den Fernseher ab, machte mir einen dünnen Scotch mit Wasser, ohne Eis, und setzte mich an den Couchtisch. Ich zählte das Geld, gab Eddie, Hank und Don jeweils zwei Hundert-Dollar-Scheine und behielt zwei für mich. Das restliche Geld faltete ich zusammen und steckte es in meine Jackentasche.

«Ich brauche das Extrageld für einen neuen Revolver», sagte ich. «Meinen mußte ich loswerden – samt Halfter.»

«Was hast du denn damit gemacht, Larry?» fragte Don.

«Wenn du es nicht weißt, Don, kannst du es niemandem sagen, nicht wahr?» Ich sah Don an und lächelte.

«Wieso glaubst du, daß Don jemandem etwas sagen würde?» fragte Hank.

«Das glaube ich nicht», erwiderte ich. «Aber es ist besser, wenn keiner von euch etwas weiß. Okay? Also. Wenn jemand etwas zu sagen hat, ist jetzt Gelegenheit dazu. Wir reden jetzt darüber, und dann vergessen wir es für immer. Ich will damit sagen: Nach heute abend sollte keiner von uns diese Sache je wieder erwähnen. Okay?»

Hank räusperte sich. «Während du und Eddie weg wart, haben Don und ich uns gefragt, wieso du uns überhaupt erst dazu gebracht hast, das Mädchen hierherzuschaffen.»

«Auf diese Frage habe ich gewartet», sagte ich. «Ich wollte rauskriegen, wer die Kleine war. Ich dachte, wenn man ihre Adresse findet, kann man ihren Vater anrufen, damit er herkommt und sie abholt. Entweder das, oder wir hätten sie zu ihm bringen können, nachdem ich mit ihm geredet hätte. Er hätte sie ins Bett legen und den Hausarzt rufen können. Auf die Tour hätte er vertuscht, daß sie an einer Überdosis gestorben ist – wenn das der Fall ist.»

«Das hätte nicht geklappt», meinte Hank.

«Vielleicht nicht. Aber die Idee hatte ich im Hinterkopf. Du hast mich gefragt, weshalb ich sie hergeschafft habe. Das ist der Grund.»

«Bei mir hätte es geklappt», sagte Don. «Ich würde nicht wollen, daß es in der Zeitung steht, wenn meine Tochter an einer Überdosis Drogen gestorben wäre.»

«Okay, Larry», sagte Hank. «Du hattest es uns bis jetzt nicht erklärt; das war alles. Jetzt frage ich mich bloß, was für Leute es waren.»

«Das wirst du aus der Zeitung erfahren.» Eddie lachte. «Guck morgen abend in die *Miami News*. Sektion C – Lifestyle.»

«Don?» sagte ich.

«Eins nur.» Don schaute in sein Glas. «Ich wollte nicht abdrücken. Es tut mir leid, daß ich euch in diesen Schlamassel gebracht habe.»

«Du hast uns nirgendwo reingebracht, Don», sagte Eddie. «Wir steckten sowieso allesamt drin.»

«Trotzdem», sagte Don. «Ich habe es noch schlimmer gemacht, und das tut mir leid.»

«Leid tut es uns allen», sagte ich. «Aber was passiert ist, ist passiert. Morgen im Büro werde ich melden, daß meine Waffe mir aus dem Handschuhfach meines Wagens gestohlen wurde. Da werden sie einen kleinen Tanz mit mir veranstalten, aber so was passiert andauernd in Miami. Also erzähle ich euch jetzt davon. Irgendein dreckiger Schweinehund hat mir meine Achtunddreißiger aus dem Handschuhfach geklaut.»

Ein paar Augenblicke lang sagte keiner etwas. Don starrte in den verdünnten Wein in seinem Glas. Eddie zündete sich eine Zigarette an. Ich trank mein Glas aus. Hank schaute stirnrunzelnd zu Boden und rieb sich mit flachen Händen die Knie.

«Eddie», sagte ich, «willst du noch was dazu sagen?»

Eddie zuckte die Achseln und lachte dann. «Yeah. Wer hat Lust, mit in den *White Shark* zu gehen und eine Runde Pool zu spielen?»

Hank und Don lächelten.

«Wenn wir ein Alibi brauchten, wäre es keine schlechte Idee», sagte ich. «Aber wir brauchen kein Alibi. Wenn sonst nichts mehr anliegt, sollten wir uns alle aufs Ohr legen.»

Eddie und ich standen auf. «Du kommst zurecht, Don?» fragte Eddie.

«Na klar.» Don stand auf, und wir gingen zur Tür.

«Moment mal.» Hank hielt uns auf. «Ich habe die Kleine im Autokino aufgerissen, und wir hatten gewettet! Ihr schuldet mir *Geld*!»

Da mußten wir alle lachen, und die Anspannung verflog. Selbstverständlich zahlten wir Hank aus, und dann gingen wir zu Bett. Aber was mich anging, so lagen wir immer noch weit in Führung: vier vom Glück gesegnete junge Typen in Miami, die oben auf einem großen Berg Vanilleeis saßen.

TEIL II

EDDIE MILLER

Du kannst dich auf mich verlassen, Don.

DON LUCHESSI

Du bist zehn Jahre alt, Baby, und du bist
alt genug, um das zu verstehen …

EINS

3624 1/4 Kelly Blvd. AA
Schiller Park, Ill.

Lieber Eddie,
der Grund, weshalb Du nur ein paar Postkarten und keinen anständigen Brf. von mir bekommen hast, ist der, daß ich so beschäftigt war wie eine Katze, die Scheiße von einem Marmorboden wegwischen will. Außerdem wollte ich den Bericht (so unzulänglich er ist, ich habe ihn doch beigelegt) über den Inhalt von Gladys' Handtasche fertigstellen.

Ich habe nur zwei von den drei Brfn. bekommen, die Du geschrieben hast, wie Du sagst, aber ich kann schon von Glück sagen, daß es so viele waren. Guck Dir meine Adresse oben an. Erst heißt es da 3624 und *ein Viertel*! In jedem Gbde. sind nämlich vier Apts., und wenn du das 1/4 wegläßt, nimmt der Briefträger den Brf. wieder mit zurück zur Post oder schmeißt ihn in den Müll oder gibt ihn jemand anderem. Keiner kennt den andern in diesen Gebäuden hier, weil ungefähr alle sechs Wochen sämtliche Bewohner neu sind. Nach fast drei Monaten bin ich wahrscheinlich der älteste Bewohner in diesen Apts. Außerdem mußt Du das «AA» hinter «Kelly Blvd.» beachten. Auf der anderen Seite des Kelly sind die Apartments mit einem einzelnen «A» verzeichnet. Die gleiche alphabetische Doppelzählung gilt auch für die Reihen der Vierfach-Apartmenthäuser in den Straßen hinter dem Kelly Blvd. Das kam so, daß die erste Reihe auf dem Kelly mit den Buchstaben von A bis Z bezeichnet wurde, als sie sie bauten, und als sie dann die zweite, identische Reihe gegenüber auf der anderen Seite der Straße bauten, fingen sie an mit AA und gingen bis ZZ. Diese Vierfach-Apartmenthäuser sehen alle gleich aus, immer der gleiche scheißbraune Farbton, und sie gehen Block für Block durch das ganze Alphabet. Ich würde niemals jemanden bitten, zu mir ins Apartment zu kommen. Um mich zu finden, müßte man sich *hinführen* lassen, wie mich der Makler hergeführt hat. Jedenfalls habe ich ein Postfach beim Postfach Schiller Park beantragt, und ich stehe auf der Warteliste. Bis ich das Fach bekomme – und ich muß warten, weil alle, die hier wohnen, eins wollen –, kann ich damit rechnen, daß mir ungefähr die Hälfte meiner Post verlorengeht, weil sie nicht *exakt* adressiert ist – mit dem «1/4» und dem «AA» nach Kelly Blvd. (Sogar ein Gehaltsscheck ist mal verlorengegangen, und der war eindeutig adressiert, weil er vom Computer in New Jersey ausgestellt war. Wahrscheinlich hat ihn jemand gestohlen und löst ihn irgendwo in Chicago ein.)

Es ist frustrierend zu wissen, daß Du meistens di und mi abends in Chicago bist, bevor du nach Miami zurückfährst, während ich dann nicht in der Stadt bin. Wann änderst Du Deinen Dienstplan so, daß Du am Wochenende hier bist und wir uns treffen können? Ich habe Dir einen Schlüssel zu meinem Apt. machen lassen; er liegt bei. Wenn Du also während Deines Aufenthalts bei mir statt im Hotel wohnen möchtest, dann nur zu (falls Du es findest). Von mir zum O'Hare Airport fährt man nur fünf Minuten, und alle dreißig Sekunden rattern die Fenster, wenn die Jets starten. Ich bin hierhergezogen, weil der Flughafen angenehm nah ist, aber das ist auch der einzige Vorteil. Weil ich nur freitags und samstags nachts hier bin, habe ich noch nichts unternommen, um eine bessere Bude zu finden. Außerdem bin ich am Wochenende immer zu erschöpft.

Draußen ist es höllisch kalt, wie Du weißt, und der verdammte schwarze Schnee liegt in manchmal meterhohen Wehen auf den Gehwegen. Und mein Wagen, der an den Tagen, an denen ich nicht hier bin, auf der Straße steht (inzwischen ohne Radkappen), macht mir nichts als Ärger. Es gibt hier keine zu Fuß erreichbare Garage, wo ich ihn parken könnte, und es kommt mir albern vor, einen Wagen in einer Garage abzustellen, wo ich ein Taxi rufen muß, um ihn zu holen.

Alles in allem bin ich in einer elenden Situation, und obwohl sich das Geld auf der Bank türmt, wäre ich doch lieber für die Hälfte meines Gehaltes in Miami. Aber das versteht sich von selbst.

Larry Dolman habe ich getroffen, am Samstag vor vierzehn Tagen; wir sind essen gegangen und haben ein paar Bier getrunken. Er hat – dreimal darfst Du raten - ein Club-Sandwich gegessen, ich ein Steak, aber er war so besessen von seinem neuen Job, daß er von nichts anderem reden konnte. Er ist ein Bilderbuchbeispiel für das Peter-Prinzip, denke ich, und hat jetzt das höchste Level seiner Inkompetenz erreicht, aber seine Vorgesetzten haben einen Narren an ihm gefressen. Jetzt, wo er Sicherheitspersonalchef für den Bereich Cook County ist – einer der leitenden Jobs bei der *Nat Sec*-Privatdetektei –, gönnt er sich zur Erholung nur noch ein bißchen Schlaf. Er muß Wachpersonal für alle Bauprojekte in Cook County einstellen, und bei Spitzenlöhnen von zwei Dollar zwanzig die Stunde kannst Du Dir vorstellen, was für Typen er da engagiert!

Larry hat mir von einem Irren erzählt, den er eingestellt hat. Sie haben dem Kerl eine Waffe und eine Uniform gegeben, aber bevor er an dem Lagerhaus ankam, das er bewachen sollte, überfiel er auf offener Straße einen Mann (in seiner *Nat Sec*-Uniform, sagt Larry) und wurde von den Cops verhaftet. Aber das *Komische* kommt noch. Larry machte sich Sorgen; er befürchtete, sie würden ihm eine Abmahnung verpassen, weil er den Kerl eingestellt hatte. Sie ließen ihn nach diesem Zwischenfall in die Verwaltung kommen, und das ganze Management fiel über Larry her, um zu verhindern, daß *er* kündigte! Mit anderen Worten, sie fürchteten, Larry könnte die Nase voll haben und abhauen, weil es so beschissen schwer ist, Leute einzustellen. Larry hat natürlich Aufsichtspersonal für seine Wachleute, aber die sind noch schwerer zu finden, sagt er – oder zu behalten, wenn man sie mal hat. Wenn einer der Leute nicht aufkreuzt, verstehst Du, muß der Supervisor die Schicht übernehmen, bis man einen neuen Wachmann gefunden hat, und manchmal kommt es vor, daß ein Supervisor sechsunddreißig Stunden Dienst macht, weil Leute fehlen. Ich nehme an, Larry hat Dir von seinem neuen Job geschrieben, oder er tut es noch. Wenn er es noch nicht getan hat, dann weil er zu beschäftigt ist.

Ich habe nur zwei Verkäufer, die wirklich eine ruhige Kugel schieben – der eine in St. Louis, der andere in Detroit –, aber von dieser Ausnahme abgesehen scheinen die übrigen Außendienstleute okay zu sein. Den Mann in Detroit werde ich feuern, sobald ich einen Schwarzen mit Hochschuldiplom finden kann, um ihn zu ersetzen, aber so was zu finden ist fast unmöglich. Ich hatte jetzt drei Wochenenden hintereinander eine Anzeige in der *Tribune*, und kein einziger hat sich gemeldet. Aber verdenken kann man's ihnen nicht. Ein Schwarzer mit abgeschlossenem Studium ist nicht erpicht darauf, nach Detroit zu ziehen, wenn er nicht verrückt ist – nicht, wenn ich ihm für den Anfang nur zehntausend Dollar (und einen Dienstwagen) bieten kann.

Mein Liebesleben hat sich hier aus irgendeinem Grund in einen Alptraum verwandelt. Du glaubst es vielleicht nicht, aber seit ich in Chicago bin, habe ich keine einzige Nummer mehr geschoben. Vielleicht liegt es an der Kälte, am Wind, an der Atmosphäre, an der Tatsache, daß ich dauernd müde bin und deprimiert – ich weiß es nicht. Jedenfalls war ich vor ungefähr einem Monat in einer Bar, ungefähr zwei Meilen von hier – *The Shill* –, in der eine Menge Stewardessen verkehren; ich habe eine niedliche Italienerin mit kurzen Beinen angemacht und sie mit nach Hause genommen, und dann habe ich ihn nicht hochgekriegt. Das war mir noch nie passiert. Das Mädchen nahm es ziemlich gut auf und meinte, weil ich sie nicht gevögelt hätte, könnte sie wenigstens am nächsten Morgen in der Messe zur Kommunion gehen, und so störte sie es eigentlich nicht besonders; aber es hätte auch eine ziemlich scheußliche Szene werden können. Du weißt, wie manche Stewardessen sind, wenn sie die Oberhand haben. Seitdem habe ich mich nicht mehr darum gekümmert und auch nicht viel darüber nachgedacht, weil ich so beschäftigt war. Aber ich nehme an, der Trieb wird wieder angerauscht kommen, wenn es Frühling wird und der

Schnee verschwindet und wenn ich mich an die Tretmühle gewöhnt habe, an das dauernde Fliegen und das verdammt wenige Schlafen. Es ist schwer, unterwegs in Hotels zu schlafen, meistens sitze ich auf meinem Zimmer vor dem Fernseher und trinke ein paar Scotch mit Wasser. In meinem Fernseher hier in Schiller Park habe ich dank der Jets und des O'Hare-Flughafens in zehn von dreißig Sekunden Schnee, weil die Antenne auf dem Dach vibriert, und es gibt anscheinend keine Möglichkeit, daran etwas zu ändern.

Du sagst, Don ist ziemlich deprimiert. Das ist er, wie Du weißt, seit dem bewußten Abend immer, und wenigstens bist Du da, um ihn im Auge zu behalten. Er ist mit Clara wirklich in einer unhaltbaren Situation; vielleicht würde er seine Haltung ändern, wenn Du ihm ein sexy Mädchen besorgen könntest, das er ein- oder zweimal die Woche nebenher treffen könnte. Mein Gott, leisten kann er es sich, und wenn er zu Hause nicht rangelassen wird, sollte er sich anderswo umsehen. Er hat mir mal erzählt, ab und zu läßt seine Sekretärin, Nita Peralta, sich von ihm einen Arschfick machen, aber diese Möglichkeit nutzt er nur, wenn er wirklich verzweifelt ist. Trotzdem hat er Angst, daß sie es irgendwann dem Pfarrer erzählt. Sie gehen nämlich beide in dieselbe Kirche, weißt du. Außerdem sollte Don mehr vom Leben haben als so ein Weib wie Clara mit ihrem fetten Arsch. Wenn wir es mal schaffen, uns hier oben zu treffen, Du und ich, dann müssen wir uns irgendeinen Plan ausdenken, um Don glücklicher zu machen. Er ist ein zu guter Kerl, um in einer so gräßlichen Ehe zu versauern. Jedenfalls – triff Dich mit ihm, wann immer Du kannst, und ruf ihn ab und zu an. Ich werde ihn übers Wochenende anrufen, wenn ich kann. Als ich ihn das letzte Mal angerufen habe, hat Clara sich gemeldet und behauptet, er wäre nicht da, aber das war wahrscheinlich gelogen. Aber wenn ich ihn zu Hause nicht erwischen kann, rufe ich ihn nächste Woche von St. Louis aus im Büro an.

Du hast nicht viel über Deine Situation mit Gladys gesagt, und ich weiß nicht, ob der kurze Bericht, den ich beilege, Dir weiterhelfen wird. Aber vergiß nicht, alter Freund, ich bin Dein Kumpel;

bitte ruf mal an oder schreibe mir bald. Es ist einsam hier oben, Mann.

Schiller Park ist beschissen, Chicago ist beschissen, Cook County ist beschissen, und Illinois ist beschissen.

Dein Hank

Anlagen: Der Handtaschen-Report
Schlüssel zu Apt. 3624 1/4, Kelly Blvd. AA

GLADYS WILSONS HANDTASCHE

In diesem Bericht habe ich ein paar offensichtliche Dinge außer acht gelassen, Eddie, und teilweise beziehe ich mich auf meine Erinnerungen an Gladys und auf einiges von dem, was Du mir über sie erzählt hast, um zu meinen Schlußfolgerungen zu gelangen. In mancher Hinsicht ist dieser Bericht also nicht eben objektiv. Wegen Freud, Sullivan, Sykes, der Gestaltpsychologie und einiger anderer ganzheitlicher Ansätze von Persönlichkeitstheorien (einschließlich des verknoteten alten Laing, dieser armen, irregeleiteten Seele) hält man es für möglich, aus Objekten ein Persönlichkeitsprofil zu konstruieren; Gladys' Profil, wie hier entworfen, ist, stelle ich fest, ebenso gültig wie ein Horoskop oder ein phrenologisches Diagramm und ebenso sinnvoll wie die kryptische Botschaft eines Gockels, decodiert von einem hochqualifizierten Hahnenschreideuter. Aber in Kombination mit Deinem persönlichen Wissen über Gladys kannst Du extrapolieren, Mann – *extrapolieren*!

1. Tangee-Lippenstift. Gott allein weiß, wo sie den herhat, Mann. Diese Mixtur, irgendwie orange-, irgendwie pinkfarben, war vor mehreren Jahren populär, mit ganzseitigen Anzeigen etc., aber heutzutage ist sie schwer aufzutreiben. Es ist ein Discountladen-Lippenstift für ganz, ganz junge Mädchen; bei Erwachsenen paßt er normalerweise zu nichts, es sei denn, die Frau hätte rotes Haar, und zwar eine ganz bestimmte Nuance von Rot. Gladys hat schwarzes Haar, aber wegen des Tangee behaupte ich, es ist

schwarz gefärbt, und sie will einfach ihren Lieblingslippenstift nicht aufgeben. Daraus, daß sie Tangee benutzt, schließe ich, daß sie einmal rotes Haar hatte, im Ton dieses Lippenstifts, und den Lippenstift nicht gewechselt hat, als sie sich das Haar gefärbt hat. Wenn sie sich die Schamhaare nicht ebenfalls färbt, dürften sie von dunklem Orangerot sein, denn Schamhaare sind meist ein, zwei Schattierungen dunkler als die Haare auf dem Kopf. Wenn die Schamhaare auch schwarz sind, sieh Dir die Stoppeln unter den Achseln an, und Du wirst sehen, daß sie rot sind, wenn sie gelegentlich hervorkommen. Meiner Meinung nach färbt Gladys ihre Schamhaare ebenfalls, denn Rothaarige (zwischen 47 und 50 Jahren?) kriegen leicht graue Strähnen, und es würde ihre Bemühungen, jünger auszusehen, als sie ist, zunichte machen, wenn sie rote *und* graue Schamhaare hätte. Zur Sicherheit also Achselstoppeln kontrollieren.

2. Führerschein. Technisch gesehen sind Augen nur blau, braun oder rot (Albinos). Auf ihrem Führerschein behauptet Gladys, sie sind «haselnußbraun». Ah, sie ist eitel, wenn sie so etwas behauptet – aber es ist eine Fußnote zur Bestätigung der Möglichkeit, daß sie rotes Haar hat. Außerdem kann man sich bei haselnußbraunen Augen immer noch leisten, Tangee zu tragen – wenn man blaß genug ist und keine Sommersprossen hat. Und Gladys *hat* ein blasses Gesicht. Um von diesem nebensächlichen Thema wegzukommen: eine Rothaarige hat im Durchschnitt 50000 Haare auf dem Kopf, verglichen mit Blonden, die ungefähr 100000 Haare haben. Wenn Gladys also starkes, sehr starkes Haar hat, das schwarzgefärbt ist, dann werden die Zähne ihres Kamms weit auseinanderstehen, denn einen feingezahnten Kamm kann sie nicht gebrauchen. (Um in diesem Punkt sicherzugehen, würdest Du aber alle Haare auf ihrem Kopf zählen müssen.)

3. Tabletten. Dexamyl (46), Elavil (120) und Hormontabletten. Das ist eine unglaublich kleine Auswahl von Medikamenten für die Handtasche einer Frau – Du führst nicht einmal Aspirin auf. Wahrscheinlich hat sie sehr viel mehr Tabletten, aber sie nimmt sie regelmäßig zu Hause. Wenn sie Dexamyl mit sich herumträgt,

nimmt sie vermutlich mehr als eine pro Tag (ich würde schätzen, drei). Das liegt daran, daß Elavil normalerweise dreimal täglich genommen werden soll, was einen schläfrig macht, weil es ein antidepressiver Tranquilizer von einer gewissen Wirkungsstärke ist. Dexamyl wirkt dem Elavil entgegengesetzt, so daß Gladys unsteten Stimmungsschwankungen unterliegen wird. Gerade noch aufgekratzt und gesprächig, und dann ein düsterer Rückfall in tiefes, brütendes Schweigen. Außerdem wird sie ein bißchen nervös sein. Wenn unversehens eine Tür zuschlägt, wird sie zusammenfahren, quieken, an den Nägeln kauen und gleich darauf lächelnd den Kopf schütteln und sich für die Überreaktion entschuldigen.

Sie hat ein Gewichtsproblem, und das Dexamyl bremst ihren Appetit. Das Elavil soll Depressionen lindern, ja, wenn sie keine Depressionen hätte, würde ihr Arzt sie gar nicht verschreiben - falls sie sie verschrieben bekommen hat. So bringt sie sich in einen unklaren, ambivalenten Zustand. Das Elavil macht sie schläfrig, und das Dexamyl läßt sie nicht schlafen. Sie ist müde und abwechselnd nörgelnd und fröhlich, und sie wird sich jedesmal entschuldigen, wenn sie Dich aus irgendeinem Grund angemeckert hat. Du hast außerdem Hormonpillen aufgeführt, was aber ohne den Markennamen oder die generische Zusammensetzung als Hinweis nicht genügt. Ich nehme an, sie enthalten weibliche Hormone, was aber nur bedeutet, daß sie in den Wechseljahren ist. Wenn die Wechseljahre einsetzen, werden Hormonpillen benötigt, um zu ersetzen, was der Körper nicht mehr in ausreichenden Mengen liefert, um Rückenschmerzen und Osteoporose zu verhindern. Es ist nicht nötig, sie zu fragen, ob sie in den Wechseljahren ist. Wenn sie plötzlich aufsteht, die Klimaanlage auf fünfzehn Grad herunterdreht und behauptet, sie funktioniere nicht richtig, und dann, ein paar Minuten später, dreht sie sie ebenso unvermittelt auf sechsundzwanzig Grad hoch, dann hat sie Hitzewellen. Deine Gladys, alter Eddie, hat die Fünfzig hinter sich. Du weißt, wie ich zu Medikamenten stehe, aber wenn Du Gladys dieses Zeug nicht abgewöhnst, dann kann sie mit ernsthaften körperlichen Reaktionen rechnen. (Stell fest, was sie *sonst* noch nimmt, und laß es mich wissen.)

4. Zahnseide, *Lifesavers*, *Binaca*-Atemtropfen, Fettstift, zwei Bleistifte Nr. 2 mit abgekauten Radiergummienden, Büroklammer mit einer Spur Ohrenschmalz, *Bub's Red Hot Bubblegum*, 2 Streifen *Juicy Fruit*, 1 Nähnadel mit beigefarbenem Faden, 3 Q-Tips. Lockenbürste mit Elfenbeingriff, den obenerwähnten Tangee-Lippenstift, Nagelfeile mit Elfenbeingriff, goldener Kugelschreiber mit der eingravierten Inschrift «Diesen Stift habe ich Gladys Wilson gestohlen», Auto- und Hausschlüssel an einer Kette mit einer Marijuanapfeife aus Messing, 2 *Medico*-Zigarettenspitzen (1 blau, 1 grün), Elfenbeinzahnstocher in Lederetui und eine Kaninchenpfote.

Wow!

Bevor ich weitermache, will ich die Gelegenheit nutzen, um Dir zu Deinem Talent als Listenmacher einschl. Deiner Fähigkeit als Pillenzähler (siehe oben) zu gratulieren. Als Pilot ist Dein Leben geprägt von Checklisten, vor dem Flug, während des Fluges etc., aber nur wenige Leute würden «abgekaute Radiergummis» oder «geringe Spuren von Ohrenschmalz» an einer Büroklammer bemerken oder gar zu Papier bringen. Du bist ein scharfsichtiger Beobachter, aber schließlich bist Du ja nicht nur Pilot, sondern auch Kopilot. Wenn du nicht Kopilot von Beruf wärest, würde ich Dich zunächst als anal-retentiv einstufen. Aber dieser irrelevanten Klassifizierung entgehst Du oder entziehst Du Dich, wie Medizinstudenten es vermeiden können, im Rorschach-Test als paranoide Psychopathen klassifiziert zu werden. Sie sehen nur Knochen, Blut und Organe – so sehr beschäftigen diese Dinge sie –, und so ist es sinnlos, einen Medizinstudenten einem Rorschach-Test zu unterziehen oder Dich anal-retentiv zu nennen. (Gleichwohl, und nur am Rande bemerkt, Eddie, Du wirst dem Tag sehr viel lieber entgegensehen, wenn Du abends vor dem Schlafengehen einen Teelöffel Rizinusöl nimmst.)

Die Oralorientierung unter Punkt 4. ist atemberaubend und deutet darauf hin, daß diese Frau sehr früh in der oralen Phase steckengeblieben ist. Wenn sonst nichts greifbar ist, sitzt oder steht sie herum und hat einen Finger im Mund und einen anderen im Hintern. Ihre Nägel müssen bis an die Wurzel abgekaut sein (und zwar an allen zehn Fingern). Ihr Interesse an oralem Sex ist so scharf, daß es schon geschliffen wirkt. Meinen Glückwunsch! Das erklärt, warum Du schon seit mehr als einem Jahr mit ihr zusammenlebst, und wenn Du an dieser Mutmaßung Anstoß nimmst, dann wird es Zeit, daß Du einige andere Facetten Deiner Beziehung zu Gladys auf positive Bindungen untersuchst – falls es welche gibt. Zum Beispiel: sprichst Du mit Ihr, oder spricht sie mit Dir – und worüber? Das ist ein wesentlicher Unterschied, denn es könnte sein, daß Du driftest, Mann, daß du driftest. Und nach über dreitausend Flugstunden in mehrmotorigen Maschinen ist Driften etwas anderes als Fliegen, mein alter Pilot. Es ist eine Sache, auf eine Schachtel mit fünfzig Bleistiften Nr. 2 zu schreiben: «Diesen Bleistift habe ich Gladys Wilson gestohlen» (mein Sergeant oben in Pittsburgh hat das mal gemacht) – aber es *einzugravieren* in einen massiv goldenen *Kugelschreiber* – na, entschuldige, Mann, aber ihr Penisneid ist schon von monumentaler Majestät. Bei Gladys ist Besitzen das ein und alles, und wenn Du es ihr erlaubst, wird sie Dich mit Haut und Haaren verschlingen. (Ich wünschte jetzt, Eddie, ich hätte mir diese Liste gleich an dem Abend angesehen, als Du sie mir auf dem Parkplatz am *White Shark* gegeben hast.)

Da kommt ein Schwarzer mit Durchfall zu einem schwarzen Arzt, der kürzlich im Rahmen der Quote sein Examen gemacht hat. Der Arzt guckt in sein Diagnosebuch. «Sie haben einen Darmverschluß», sagt er zu dem Patienten. «Aber ich habe Durchfall, Doktor», sagt der Patient. «Das liegt daran», sagt der Arzt, «daß Ihr Darmverschluß *offen* ist.»

Mit anderen Worten – und um Dich hoffentlich ein bißchen zum Grinsen zu bringen –: Nimm meine unapprobierte Diagnose nicht allzu ernst. Lehrbuchfälle gibt es nur in Lehrbüchern, und auf dem College haben sie uns beigebracht, bei sogenannten Lehrbuchfällen vorsichtig zu sein, weil es sich um Simulanten handeln könnte. Deshalb höre lieber nicht auf meinen (obigen) Rat mit dem Rizinusöl und nimm statt dessen einen Eßlöffel Metamusil in einem 0,2 l-Glas Wasser, bevor Du schlafengehst.

5. Wenn man die diversen Plastikkarten auf einem Haufen betrachtet, sagt es wenig, daß Gladys Gratiskreditkarten für *Food Fair*, *Kwik-Chek* und *Publix* hat, Tankkreditkarten für Standard, Texaco, Sinclair, eine Sozialversicherungskarte, Scheckbücher für drei Banken und ein Sparbuch, American Express, Diners, Scheckkarte und Mitgliedskarte für *Fairchild Garden*. Kundenkarten für Burdines, Sears und Jordan Marsh sind bloß praktisch, MasterCard ebenfalls. Aber es ist durchaus eigenartig, daß sie nur zwei Ein-Dollar-Scheine in der Brieftasche hat. Du bist zweifellos ein guter Esser, und ich nehme an, Gladys ist eine gute Köchin, die dafür sorgt, daß du Steak, Pilzsauce und gebackene Kartoffeln bekommst, auch wenn sie selbst nur hundert Gramm Fleisch ißt und ein bißchen Cottage Cheese dazunimmt; aber wenn Du zwei- oder dreihundert Dollar von ihr borgen wolltest, würdest Du sie nicht in bar kriegen können. Bargeld bekommst Du keins von ihr (nicht, daß Du es nötig hättest), aber ich würde sagen, was sie Dir in Form von Kleidern schenkt, ist teuer, falls Du es annimmst. Wenn ich mich recht erinnere, hast Du aber nicht einmal einen Anzug oder einen Sportsakko. Das einzige Jackett, in dem ich Dich je gesehen habe, war Dein Uniformjackett. Als wir noch im *Dade Towers* wohnten, hast Du in Unterwäsche geschlafen, aber jetzt schwant mir, daß Du in seidenen Pyjamas schläfst und einen teuren Hausmantel hast – einen Hausmantel, den Du häufig trägst, weil Gladys die Klimaanlage oft auf fünfzehn Grad oder noch kälter stellt. Wenn Du Gladys eine Freude machen willst, laß Dir von ihr ein paar maßgeschneiderte Uniformen spendieren (die kannst Du immer gebrauchen), aber bitte sie nicht um einen Zwanzig-Dollar-Schein, wenn Du allein aus dem Haus gehen willst (falls Du abends noch hin und wieder allein ausgehen kannst). Auch Deine alte lederne USAF-Fliegerjacke ist erneuerungsbedürftig. Wieso läßt Du Gladys nicht eine schöne maßgefertigte Lederjacke (350 bis 400 Dollar) aus Spanien ordern? Eine neue Lederjacke wird gut

aussehen zu Deinen Batikjeans, dem *Ho-Ho*-T-Shirt und Deinen Fliegerstiefeln, und Du wirst die alte Dame sehr glücklich machen.

6. Die Fotos. Deine Beschreibungen lesen sich ganz ordentlich, aber ich würde trotzdem gern selbst einen Blick darauf werfen, bevor ich ein endgültiges Urteil fälle. Aber zusammen betrachtet, sagen die vier Fotos doch etwas aus. Das Brieftaschenfoto von dem Aquarell, das Augustus (Edwin) John von Gladys gemalt hat – als sie achtzehn war –, ist mehr als ein Stück Plauderstoff. Schade, daß er es nicht datiert hat (wenn er es getan hat, dann hast Du das Datum nicht auf die Liste gesetzt). Du hast mir von diesem Foto schon erzählt und auch, daß ihr erster Mann das Originalbild hat. Aber eins will ich Dir sagen; und dazu brauche ich das Foto gar nicht zu sehen. So schön hat sie *nie* ausgesehen, Mann – weder mit achtzehn noch sonstwann. Und wenn Du diese Kritik hart und voreilig findest, dann solltest Du beim nächstenmal, wenn Du an einer Bibliothek vorbeikommst, auf die Gefahr einer Desillusionierung hin dort eintreten und A. Johns Aquarell von Dylan Thomas mit einem *Foto* des Dichters vergleichen. Wenn Du Gladys nach einem Foto von ihr mit achtzehn fragst, dann wird sie Dir sagen – und darauf wette ich Geld –, daß sie alle ihre frühen Fotoalben irgendwie verloren hat. Aber inzwischen, könnte ich mir vorstellen, glaubt sie tatsächlich, daß sie als Mädchen so gut ausgesehen hat, und da sie ja trotz zweier Kinder immer noch ihre üppige, mädchenhafte Figur hat, wieso zum Teufel sollte sie es da auch nicht glauben?

Ihr Sohn lehrt Kunstgeschichte am San Francisco State, und ihre Tochter ist mit einem *Zahnarzt* in Seattle verheiratet. Wieso hat sie dann von ihrem Sohn nur ein Foto, auf dem er vierzehn, und von ihrer Tochter eins, auf dem sie zwölf ist? Warum nicht ein paar neue *Erwachsenen*bilder? Weil sie die beiden, glaube ich, in dem Alter das letzte Mal vollständig unter Kontrolle hatte oder beherrschte. Sie haben es nicht nur geschafft, von ihr wegzukommen, sondern sie sind *weit* weg. Sie haben einen Kontinent zwischen sich und ihre Mutter gelegt, sie besuchen Florida niemals, und das letzte Mal, daß sie die beiden zusammen gesehen hat, war bei der Beerdigung ihres Vaters. (Eine Frau, die einen Mann heiratet, der seinen Tag damit verbringt, anderen Leuten die Finger in den Mund zu stecken, muß schon den verzweifelten Wunsch haben, wegzukommen.) Ihr Sohn – und das ist eine gemeine Unterstellung –, der Kunstgeschichtelehrer statt Künstler wurde, ist wahrscheinlich nicht *früh* genug weggekommen.

Der Grund für dieses unhöfliche Urteil ist natürlich Foto Nr. 4 – dasjenige, das sie Deiner Mutter in Fort Lauderdale abgeschwatzt hat, als Du Gladys (dummerweise, und das habe ich Dir damals auch gesagt) mit zu ihr hinaufgenommen hast, um sie vorzustellen. Wieso, um Himmels willen, will sie ein Foto von Dir in Deiner Uniform von der Militärakademie in Culver, aufgenommen, als Du zwölf Jahre alt warst? Wenn sie Uniformen so liebt, wieso dann nicht ein neues Foto von Dir in Deiner Airline-Uniform? Oder in Deiner (Reservisten-)Airforce-Uniform? Es kann nur eine einzige Antwort geben. Gladys sieht in Dir den mannhaften kleinen Jungen, als den sie ihren Sohn so gern gesehen hätte, und wenn in ihrer Zuneigung (Bindung ist das bessere Wort) nichts Inzestuöses ist, wieso ruft sie dann jede Woche Deine Mutter an (während Deine Mutter sie nie zuerst anruft), um liebe Grüße auszutauschen? Wenn Du über solche Dinge nicht nachdenken willst, dann versuche wenigstens, zu extrapolieren.

Jetzt habe ich vier Stunden über diesen Report nachgedacht und daran geschrieben, und den restlichen Scheiß lasse ich jetzt sausen. Du kannst Gladys ja fragen, wieso sie immer noch einen Führerschein aus Washington D.C. mit sich herumschleppt, der vor fünfzehn Jahren abgelaufen ist, und Du könntest sie fragen, wieso die Visitenkarten ihres Gynäkologen, ihres Augenarztes, ihres Versicherungsagenten (Prudential) und ihres Anwalts lauter angelsächsische Namen aufweisen? Du lieber Himmel, weißt Du, wie schwer es ist, in Miami einen weißen angelsächsisch-protestantischen Frauenarzt oder Rechtsanwalt aufzutreiben?

Aber genug.

Ich habe den Report noch einmal gelesen, und ich bedaure, daß meine Kommentare alles in allem einen so negativen Ton haben.

Gladys ist eine schöne und gebildete Frau, und an ihrem besitzergreifenden Verhalten Dir gegenüber – an dem Abend, als wir in *Sloane's-for-Steak* waren – konnte man deutlich erkennen, daß sie wahrhaft verrückt nach Dir ist. Psychologie funktioniert besser bei Ratten als bei Menschen, Eddie, und das meiste davon ist Blödsinn; aber *Nähe* ist wirkungsvoll. Ich habe großes Vertrauen in Nähe, und sie versagt selten: Wenn Du weiter mit Gladys zusammenlebst, wird sie Dich überreden, sie zu heiraten. In mancher Hinsicht erinnert Ihr beide, Du und Gladys, mich an Wolfes Monk Webber und Esther Jack in *Es führt kein Weg zurück*, bloß daß Mrs. Jack wohlbehalten verheiratet war, und Gladys ist frei...

«Oh, verlor'ner Geist, vom Wind betrauert, komm zurück.»

Hank

ZWEI

Eddie Miller faltete Hanks Report über Gladys' Handtasche zusammen und schob ihn ungelesen in die Gesäßtasche seiner Jeans. Sein Entschluß stand bereits fest, und den Report jetzt noch zu lesen wäre rein akademisch gewesen. Er würde ihn später lesen, wenn er mehr Zeit hätte. Hanks Brief hatte er dreimal gelesen – hastig im Postamt Miami Springs, wo er ein Postfach hatte, und dann zweimal in Ruhe beim Frühstück: Blaubeerpfannkuchen, Würstchen und Kaffee im *Pancake House* an der Flagler Street.

Wenn er über Hanks Brief nachdachte, kam Eddie zu dem Schluß (vorausgesetzt, er hatte richtig zwischen den Zeilen gelesen), daß der Brief so etwas wie ein Hilferuf war. Wenn einer schreibt, ist das nicht genauso, wie wenn er spricht, aber die gequälte Jovialität, der ganze Ton des Briefes, betonte nur, wie unglücklich – oder desillusioniert – Hank über Chicago war.

Eddie kannte Schiller Park, den Chicagoer Vorort, der Miami Springs und Greater Miami nicht unähnlich war. Wegen ihrer Nähe zu internationalen Flughäfen – O'Hare und Miami – herrschte in Miami Springs und in Schiller Park eine rastlose Bevölkerungswanderung, und große Zahlen von Airline-Bediensteten wohnten hier vorübergehend. In beiden Städten gab es auch eine substantielle Dauerbevölkerung von soliden Bürgern und Hausbesitzern, und so kam es zu Reibungskonflikten zwischen ihnen und dem extrovertierten Lebensstil der vorübergehenden Einwohner. Die Hausbesitzer von Miami Springs waren über die Bezeichnung «Miami Springs: ein Hafen für Swinger» nicht eben glücklich gewesen, wie sie einem unternehmungslustigen Reporter des *Herald* eingefallen war, dem das Nachtleben am Strip und die Apartmenthäuser für Singles gut gefallen hatten. In Schiller

Park betrachteten die hart trinkenden Arbeiter, die krügeweise Ale in sich hineinschütteten und von dem Tag träumten, da Wallace ins Weiße Haus einziehen würde, es mit Mißbilligung, wenn die jungen Stewardessen mit ihren langhaarigen Freunden in die dunklen, stinkigen Kneipen in der Nachbarschaft kamen. High-Life und Aufreißerbars wie in Miami Springs gab es in Schiller Park nicht in vergleichbarem Maß, aber so etwas brauchte man auch nicht: Chicago war eine richtige Stadt, keine Ansammlung von ausgewucherten Vororten wie Miami.

Dade County konnte zwar mit einer Gesamtbevölkerung von über einer Million prahlen, aber Miami selbst hatte nur 350000 Einwohner. Die übrigen Bewohner verteilten sich in zwanzig strammgefügten Gemeinden mit eigenen Einkaufscentern, Kinos und Kirchen über das ganze County, und alle wehrten sich gegen den Gedanken, sie könnten eine einzelne, vereinigte Stadt werden.

Miami Beach, eine schmale Sandinsel, die durch die Biscayne Bay vom Festland getrennt wird, war in Eddie Millers Augen nichts anderes als Boyle Heights (in Los Angeles) ohne die Berge. Eddie kam nur selten nach Miami Beach. Fünfzig Gäste auf Stahlrohrstühlen auf einer Hotelveranda, die über die Collins Avenue zu fünfzig anderen Gästen auf einer anderen Hotelveranda hinüberstarrten, das war denn doch ein allzu deprimierender Anblick. Vor dem Zweiten Weltkrieg waren alte Amerikaner zum Sterben nach Los Angeles gezogen. Aber heute kamen die Alten zum Sterben nach Miami Beach. Vielleicht mit Ausnahme von Brooklyn, hatte Eddie irgendwo gelesen, hatte Miami Beach mehr Ärzte und Krankenhausbetten pro Kopf als jede andere amerikanische Gemeinde mit vergleichbarer Bevölkerungsdichte, und Greater Los Angeles mit seinem versmogten Himmel hatte das Geriatrie-Geschäft anscheinend für alle Zeit an Miami Beach verloren.

Was Eddie an South Florida gefiel, waren der klare, helle Himmel und das gute Flugwetter. Er liebte Miami nicht, wie Hank und Larry es geliebt hatten, und er beneidete Don Luchessi und seine Frau auch nicht um das langweilige, aufgestylte Stadtrandleben der beiden, dessen Aktivitäten sich um den Countryclub drehten.

Seit Hank so schnell und überraschend verschwunden war, nur drei Wochen später gefolgt von Larry, hatte die Salzluft von South Florida ihre Würze für Eddie Miller verloren. Einsamkeit und ein paar gute Freunde, mehr brauchte Eddie Miller nicht, wenn er nicht flog, aber Einsamkeit fand er nicht und konnte er auch nicht finden, wenn er mit Gladys Wilson zusammenlebte. Und so gern er Don – seinen letzten Freund, der noch da war – auch hatte, es wurde doch zunehmend schwierig für sie beide, sich noch zu treffen. Eddie konnte gehen, wohin er wollte, um zu tun, was ihm Spaß machte – auch wenn Gladys meistens mitkam –, aber Don mußte sich immer irgendeine Lüge für Clara ausdenken, wenn er abends noch weggehen wollte. Don konnte Gladys ebensowenig leiden wie sie ihn, aber Clara haßte Gladys und Eddie gleichermaßen. Eddie stand Clara völlig gleichgültig gegenüber; er hatte sie im Geiste längst als typische amerikanische Hausfrau *ad acta* gelegt und ihr aufs Wort geglaubt, als sie behauptet hatte, sie sei eine «schlichte Heimgestalterin». Er empfand weder Zu- noch Abneigung für sie. Aber bei der einen Gelegenheit, als die vier zusammen essen gegangen waren, hatten die beinahe elektrische Feindseligkeit am Tisch und die häufigen Manifestationen von Mittelklasse-Moralität, die Clara ins Tischgespräch hatte einfließen lassen, Gladys empört und Eddie schließlich geärgert.

Als praktizierende und bekennende katholische Mutter hatte Clara implizit den Eindruck vermittelt, sie werde es ihrem Seelsorger beichten müssen, daß sie mit einem unverheirateten, «in Sünde lebenden» Paar zu Abend gegessen hatte.

Bevor Clara überhaupt eingewilligt hatte, mit ihnen auszugehen – sie wollte Marie, die neunjährige Tochter, nicht alleinlassen –, hatte sie darauf bestanden, daß Don eine professionelle Krankenschwester als Babysitter engagierte. Während des Essens hatte Clara die Schwester dann dreimal angerufen und Don zweimal. Gladys, ehemalige Vorsitzende von W.A.S.P. (Witwen als *Single People*) und sehr aktiv bei Unternehmungen der Frauenbewegung, fand diese Anruferei anfangs amüsant; dann aber war sie ernst geworden und hatte Don und Clara einen Vortrag darüber gehalten, wie ratsam es sei, ihre Tochter Kung-Fu-Unterricht nehmen zu lassen, damit das Mädchen selbständig werde. Gladys' ziemlich großzügiges Angebot, Marie ein paar Einführungslektionen in Karate zu erteilen, war unnötig nachdrücklich, ja unhöflich zurückgewiesen worden, wie Eddie sich erinnerte.

Als sie wieder zu Hause in Miami Springs gewesen waren, hatte Gladys gesagt: «Nie wieder, Baby!»

Eddie hatte gegrinst und genickt und sich vorgestellt, daß ein ganz ähnliches Gespräch gerade bei Don zu Hause in South Miami stattfand.

Eddie genoß sein einsames Frühstück. Um das angenehme Gefühl des Alleinseins zu verlängern, winkte er der Kellnerin, sie solle ihm noch eine Tasse Kaffee bringen. Er würde heute vormittag fliegen, und er hatte beschlossen, den alten Don mitzunehmen. Er wollte Don aushorchen und sehen, wie er so zurechtkam. Vielleicht würde er Hank etwas berichten können, wenn er ihn demnächst traf.

Während er auf seinen frischen Kaffee wartete, schob Eddie den Apartmentschlüssel, den Hank ihm geschickt hatte, auf seinen Schlüsselring.

DREI

Das Fenster in Dons Lagerhausbüro hatte keine Gardinen, und morgens öffnete er die Jalousien. Er fand es beruhigend, durch die Lamellen auf den Verkehr auf der I-95-Überführung zu schauen. Mit fast einem halben Block Abstand war der Verkehrslärm ein stetiges, behagliches Murmeln, dessen Lautstärke nur anschwoll, wenn ein schwerer Dieselsattelschlepper auf der diesseitigen Fahrspur nach Süden rumpelte. Unter der Hochstraße, halb im tiefen Schatten der Brücke, standen zwanzig farbenprächtige Holzhäuser. Die eingeschossigen Häuser mit zwei oder vier Zimmern waren ungefähr die letzten Holzhäuser in Miami, aber sie sollten nicht mehr viel länger existieren. Als Don in das Lagerhausbüro eingezogen war, hatten hier siebzig dieser holzverschalten Häuser entlang der Fair Alley gestanden – wie die schwarzen Bewohner die Straße nannten (obwohl eine solche Alley auf dem Stadtplan nicht zu finden war) –, aber fünfzig waren schon abgerissen worden, immer zehn Stück auf einmal, und neue «Little HUD»-Wohnhäuser waren statt dessen gebaut worden. Die schwarzen Bewohner waren «umgesiedelt» worden, wie die Behörden es nannten: nach Liberty City, Brownsville und Coconut Grove.

Manchmal, wenn er nichts anderes zu tun hatte – was meistens der Fall war –, stand Don stundenlang am Fenster und beobachtete die verbliebene Häuserreihe und das Treiben der schwarzen Bewohner. Die Häuser waren in fröhlichen Farben gestrichen – in leuchtendem Senfgelb, Nelkenrosa und Pastellblau. Auf dem Haus, das Dons Fenster am nächsten stand, war auf die zitronengelbe Wand ein brauner, verwachsener, kurzbeiniger Panther gemalt, der mit rosa Aufklebeblüten beklebt war. Don bewunderte diesen schiefen Panther ehrlich, und er hatte schon erwogen, die

Wand zu kaufen, wenn die Bulldozer schließlich kämen, um die Häuser abzureißen. Er dachte daran, den Panther und einen Teil der Mauer einzurahmen und das wandgroße Bild an die Terrassenwand beim Pool zu hängen. Aber er hatte diese Idee nur in Betracht gezogen, weil er wußte, daß er das Bild vermissen würde, wenn das Haus weg wäre. Er wußte, daß er den braunen Panther nicht wirklich kaufen und mit nach Hause nehmen würde. Clara würde es nie gestatten, nicht in *ihrem* Haus.

Und es war ja jetzt wirklich ihr Haus, faktisch wie dem Namen nach, genau wie das Bankkonto und die Wertpapiere und der Schmuck in ihrem Privatfach in der Southwest Bank in South Miami und das kleine Strandgrundstück auf Marathon Key, wo er gern irgendwann ein Wochenendhäuschen zum Fischen gebaut hätte. Die Fischerhütte war auch ein Plan, der jetzt endgültig abgeschrieben werden mußte, nachdem Clara das Grundstück und den Preis, den sie dafür verlangte, bei einem Makler in Miami registriert hatte. Der Preis war im Augenblick viel zu hoch, aber da die Immobilienpreise unweigerlich stiegen, würde sie ihn irgendwann erzielen. Und sie würde das Geld bekommen, nicht Don. Er wünschte sich irgendwie, er hätte ihr das Grundstück auf Marathon verheimlicht, aber es war ihm unmöglich gewesen, irgend etwas zu retten, als er zu ihr zurückgekehrt war. Nichts. Clara war nicht einmal so gerissen, aber Paul Vitale, ihr schmieriger Anwalt und Bruder, war ein scharfsinniger, niederträchtiger, rachsüchtiger Schweinehund. Und Paul hatte alle Verträge aufgesetzt, um seine «kleine Schwester» zu schützen.

Ein alter Schwarzer in einem braunen, kurzärmeligen Arbeitshemd und rosa-weiß gestreiften Bermudas kam aus dem zweiten gelben Haus. Er setzte sich vor der Tür auf eine Bank und riß eine Dose Bier auf. Er warf den Ring in die Dose und nahm einen tiefen, gurgelnden Zug, und dann lehnte er sich an die Wand, hob das runzlige, graugetönte schwarze Gesicht in die heiße Morgensonne. Zur Linken des Alten stand eine Reihe von roten und rosafarbenen Geranien, die in Fünf-Gallonen-Ölkanister gepflanzt waren. Jeder Kanister war anders bemalt – rot, gelb und blau –, und die Schatten der Geranien an der gelben Wand erschienen Don ein bißchen grünlich. Das würde ein verflucht hübsches Ölgemälde abgeben, dachte Don – der alte Schwarze, der da in der Sonne saß, und all die grellen Farben im Hintergrund. Nichts auf der Welt, was ihm Sorgen machte – außer daß er in rund einem Monat «umgesiedelt» werden würde, in irgendeinen genormten Beton-und-Rauhputz-Sozialwohnungsbau in Brownsville.

Don würde den alten Mann, die Häuser und den braunen Panther vermissen, aber wenn alles gutginge, würde er bis dahin vielleicht auch «umgesiedelt» sein. Aber wie? Wie? Und wie konnte er Marie mitnehmen? Das war das einzige, was er wußte: Er würde Miami nicht ohne Marie verlassen.

Don trat vom Fenster zurück, seufzte, setzte sich an seinen Schreibtisch, schob den Stapel gelber Rechnungen zur Seite und zog seine straußenlederne Brieftasche heraus. Er öffnete das «Geheim»fach. Bevor er die beiden Scheine hervorholte, warf er einen Blick zur Tür, um zu sehen, ob sie verschlossen war, und lauschte einen Augenblick nach Nita, die im Vorzimmer die Schreibmaschine nach dem «Adlersystem» bearbeitete. Dann nahm er die beiden knisternden Scheine heraus und legte sie auf den Schreibtisch, den Tausender über den Fünfhunderter. Er betrachtete Stephen Grover Clevelands Gesicht auf dem Tausend-Dollar-Schein und fragte sich schon wieder, wie dieser wenig einprägsame Mann mit dem schwachen Kinn – Don jedenfalls hatte sich im Zusammenhang mit Cleveland nie etwas einprägen können – für eine solche Ehre hatte auserwählt werden können. Mit William McKinley war es etwas anderes. Er war wenigstens ermordet worden, und da war es anständig von den Beamten des US-Schatzamtes oder vom Kongreß oder wer immer es war, der zu entscheiden hatte, daß jemandes Bild auf das Geld gedruckt wurde, daß sie Kinley auf diese Art auf dem Fünfhundert-Dollar-Schein verewigt hatten. Aber wieso dann nicht McKinley auf dem Tausender und Cleveland auf dem Fünfhunderter? Was zum Teufel hatte Cleveland je getan, daß man ihn mehr ehrte als McKinley? Aber vielleicht lief es ja andersherum. Kennedy war auch ermordet worden, und sein Konterfei war auf den Fünfzig-Cent-Münzen gelandet. Vielleicht galt die Ehre als um so höher, je niedriger der Nennwert war, wie bei Lincolns Gesicht auf den Pennies.

Aber wer erinnerte sich an Leon Czolgosz, und wenn, wer konnte seinen Namen buchstabieren? Don konnte es, und er hatte in Kneipen schon ein paar Bucks mit Wetten darauf gewonnen. Ja, wie viele Leute erinnerten sich oder wußten überhaupt, daß Czolgosz der Mörder von McKinley gewesen war? Oder wußten, daß McKinley jetzt auf dem Fünfhundert-Dollar-Schein abgebildet war, weil er ermordet worden war? Don hatte selber nicht gewußt, wessen Gesicht auf dem Fünfhunderter und auf dem Tausender war, bis er einmal kleinere Scheine dagegen eingewechselt hatte; die Bank hatte drei Tage gebraucht, um die großen Scheine zu besorgen, als er sie verlangt hatte.

Aber es war nicht annähernd genug Geld. Er schob die Scheine wieder ins Fach, zog den Reißverschluß zu und steckte die Brieftasche ein. Um diese fünfzehnhundert Dollar zusammenzubringen, hatte Don fast drei Monate gebraucht. Damit er Clara verlassen – und Marie mitnehmen – konnte, hatte er sich willkürlich die Summe von zehntausend Dollar als Fluchtkohle festgesetzt. Soviel würde er mindestens brauchen. Mit zehntausend Dollar – in lauter Tausender- und Fünfhunderternoten, damit die Brieftasche ihm nicht die Hosentasche ausbeulte – konnte er fahren, wohin er wollte, und für sich und seine Tochter einen Haushalt einrichten. Er könnte seinen Namen ändern und hätte genug Geld übrig, um sie beide ein ganzes Jahr zu versorgen, während er ein Geschäft aufmachte oder sich irgendeinen Job besorgte. Wenn sie es ganz spartanisch einrichteten, konnten sie zu zweit von zehntausend Dollar auch anderthalb oder sogar zwei Jahre leben. Und nach anderthalb Jahren würde er sicher wieder irgendwo genug Geld verdienen, um sich das Leben in einer halbwegs anständigen Mittelklasse leisten zu können.

Mit Block und Bleistift überschlug Don seine Geld- und Fluchtpläne noch einmal. Wenn er jeden Monat fünfhundert Dollar beiseite brachte – was wirklich schnell wäre –, würde er immer noch fast zwei Jahre brauchen, um den Ausbruch zu wagen. Aber so lange konnte er nicht durchhalten. Noch zwei Jahre im selben Haus mit Clara, und er wäre verrückt wie eine Scheißhausratte...

Es tappte schüchtern an der Tür. Nita öffnete sie und kam herein. Ihr olivfarbenes Gesicht war rosarot, und sie verkündete in formellem Ton: «Mr. Miller möchte Sie sprechen, Sir.»

Eddie Miller war hinter ihr. Das Geräusch seiner Stiefel wurde übertönt vom Geklapper der Holzsohlen an Nitas Keilabsatzschuhen auf dem Linoleumboden. Eddie zwinkerte Don zu und blieb dicht hinter Nita stehen. Als sie sich ungeschickt zum Gehen wendete, streiften ihre Brüste seine Brust. Eddie lächelte jetzt nicht mehr, sondern machte ein ernstes Gesicht, aber er zog die arme Frau auf: er trat beiseite, als Nita beiseite trat, und sie vollführten einen hektischen Hopsertanz und sprangen ein paarmal hin und her, bevor Eddie grinste und sie entkommen ließ. Sie knallte die Tür hinter sich zu.

Nita würde sich jetzt den ganzen Tag über Eddie aufregen, dachte Don. Es kamen selten Besucher in das Lagerhausbüro, und sie würde das Gefühl haben, daß der unbeholfene Tanz allein ihre Schuld gewesen sei, ohne sich darüber im klaren zu sein, daß Eddie so agil und drahtig wie eine Bergziege war.

Don errötete in echter Freude; er stand auf und schüttelte Eddie die Hand. «Hattest du Probleme, den Laden zu finden?»

Eddie schüttelte den Kopf. «Kaum. Diese Lagerhäuser hier unten sehen alle gleich aus, aber als ich den braunen Tiger gefunden hatte, war es leicht. Aber ich parke in einer gelben Ladezone.»

«Das ist okay», sagte Don. «Ich habe die Markierung selbst anbringen lassen, damit ich immer einen Parkplatz habe. Du hast meinen *Mark IV* gesehen, oder?»

Eddie nickte; er schaute sich ohne Neugier in dem Büro um und schüttelte den Kopf.

«Das ist ein beschissenes Büro, Don, für einen, der so viel Kohle macht wie du.»

Man hörte ein schrilles Sirren und dann ein schweres metallisches Schlagen hinter der Sperrholztrennwand zwischen Büro und Lagerhalle. Eddie zog die Brauen hoch.

«Das ist der Drucker», erklärte Don. «Die Halle hat noch einen Extra-Lagerraum, den ich nicht brauche, und da habe ich ihn vermietet. Der Kerl druckt *bolita*-Tickets, glaube ich, und ein paar andere interessante Sachen. Gefälschte Ausweise, Geburtsurkunden, Highschool-Diplome und solchen Scheiß. Aber er ist oft weg, und deshalb stört er mich nicht sehr – und ich kassiere fünfundsiebzig Bucks im Monat nebenher.»

«Bist du selbst deshalb hier runtergezogen – um Büromiete zu sparen?»

«Nein. Es war zu unpraktisch in der Stadt, und ich mußte doch immer herkommen, um Silber zu holen. Die ganze Tellerware ist hier im Tresor, weißt du, und ich habe einen schwarzen Lagerverwalter. Wenn ich mit ihm telefoniert habe, hat er die Orders immer mißverstanden, und so war es einfacher. Außerdem kommt niemand wegen eines Auftrags zu mir. Ich fahre hin, und deshalb war es unsinnig, ein teures Büro am Biscayne Boulevard zu unterhalten.»

Eddie zwinkerte und deutete mit dem Kopf auf die geschlossene Tür. «Wenn ich gewußt hätte, daß du so was hier hast, wäre ich schon früher gekommen. Wie ist sie, Don?»

«Nicht so laut, Mann. Ich habe Hank von Nita erzählt, und er hat es dir erzählt, nicht wahr?» Don lächelte betreten.

«Nicht in allen saftigen Details.»

«So saftig ist es nun auch wieder nicht, aber Nita ist jetzt seit fünf Jahren bei mir, und, na ja, weißt du, ich habe über ein paar Dinge mit ihr gesprochen. Ein bißchen über meine Probleme und über Clara. Und so – weißt du noch, wie wir die Vasektomie haben machen lassen?»

«Du bist wirklich gut, Don.» Eddie lachte. «Das war ein Erlebnis, das ein Mann wohl kaum wieder vergessen dürfte, um Himmels willen!»

«Du erinnerst dich, *wann* es war, meine ich – als ich von Clara getrennt lebte und mit euch im *Dade Towers* wohnte. Clara und ich hatten immer die Kalendermethode benutzt, und das geht einem verflucht auf den Sack. Du fickst nicht, wenn du willst, sondern du wartest, bis du ficken *mußt*, sozusagen. Ich wohnte im *Towers*, als du und Hank und ich uns über die Vasektomie unterhielten, und da habe ich Clara nichts gesagt, als ich mich entschloß, sie mit euch zusammen vornehmen zu lassen. Hat Hank es eigentlich je machen lassen?»

«Nein. Am Ende hat er gekniffen. Er hat in irgendeiner Studie gelesen, daß in einem von ungefähr tausend Fällen irgendwelche Nebenwirkungen oder so was auftreten. Er liest ja all diese medizinischen Zeitschriften, und er nimmt den ganzen Scheiß ernst. Du weißt, wie Hank ist, Don.»

«Ich habe letzte Woche eine Postkarte von ihm gekriegt. Aus St. Paul.»

«Was schreibt er?»

«Wenn er ein bißchen Zeit hat, will er mir einen Brief schreiben. Wie auch immer – ich glaube, ich wußte damals schon, daß ich am Ende zu Clara zurückkehren würde. Nicht bewußt, wohlgemerkt, aber irgendwo im Unterbewußtsein habe ich es gewußt. Und aus diesem Grund – auch wenn ich, glaube ich, nicht darüber nachdachte, als wir zu Dr. Silverstein gingen – habe ich die verdammte Operation machen lassen. Ich muß irgendwo tief in meinem Innern gedacht haben, mit einer Vasektomie brauchte ich diese ganze Scheiße mit Kalender und Rhythmusmethode und so weiter mit Clara nicht mehr zu machen. Und als wir wieder zusammen waren, erzählte ich ihr von der Vasektomie, und da wurde sie sauer, stinksauer.»

«Wieso?»

«Wir sind katholisch, wie du weißt, Eddie, aber sie ist ein weiblicher Katholik, und die nehmen diesen ganzen Scheiß ernst. Na, erst wollte sie mir nicht glauben, da sagte ich, sie soll den Arzt anrufen. Dr. Silverstein – das wird dich vielleicht interessieren – wollte ihr am Telefon überhaupt nichts erzählen. Also ging sie am nächsten Tag hin. Inzwischen, weißt du, war ich also wieder zu Hause – und es wurde immer noch nicht gevögelt. Erst mußte sie diese Sache klären. Als sie zu Silverstein kam und sich ausgewiesen hatte, bestätigte er, daß er mich operiert hatte, und zwar vor über sechs Monaten, so daß wir uns jetzt die Ohren abvögeln könnten, wenn wir wollten.»

«Und da war alles okay?»

«Zum Teufel, nein! Da mußte sie erst mal zu dem verdammten Pfarrer. Das ist ein richtiger Pinsel; er kommt zweimal im Monat zu uns zum Essen. Du solltest mal sehen, wie der Mistkerl meinen Chivas Regal säuft – als ob es Wein wäre, Mann. Folgendes, Eddie. Sie hätte alles gemacht, was er ihr sagte, und er hat ihr todsicher nicht gesagt, sie soll nicht mehr vögeln. Ich meine, das hätte er ihr sagen können, aber das hat er nicht. Er hat ihr die Entscheidung selbst überlassen, und das war viel schlimmer. Er hat ihr gesagt, eine Frau dürfe ihren Mann nicht zurückweisen, und das ist richtig, aber er hat sie auch daran erinnert, daß der Sinn des Sex die Fortpflanzung ist. Auf diese Weise, verstehst du, war sie mehr oder weniger dazu gezwungen, selbst eine moralische Entscheidung zu treffen. Und sie entschied, da sie nun wegen meiner Vasektomie nicht mehr schwanger werden konnte, hätte auch der Sex mit mir keinen Sinn mehr. Sie hatte sowieso nie besonders viel dafür übrig. Ich habe versucht, vernünftig mit ihr zu reden – du weißt schon: Wo liegt der Unterschied zwischen dieser halbgaren Kalendermethode, die ja auch dazu dient, eine Schwangerschaft zu vermeiden, und einer sicheren Methode? –, aber sie wollte diese Logik nicht akzeptieren. Sie ist zu emotional.»

«Tja, Don, wenn du je die Scheidung willst, dann hast du einen guten Grund. Kein Richter würde diesen Stuß billigen.»

«Ich lasse mich niemals scheiden, Eddie. Wenn ich es täte, würde ich meine Tochter verlieren. Wie die Dinge jetzt liegen, sitze ich in der Klemme, basta. Aber eines Tages komme ich da raus. Wie auch immer – zurück zu Nita Peralta. Es hat eine Weile gedauert, aber sie war so glücklich, daß Clara und ich uns wieder versöhnt hatten, daß es mich wirklich sauer gemacht hat. Also habe ich ihr schließlich die Wahrheit über mein Sexleben gesagt – oder besser über mein nicht vorhandenes Sexleben. Sie ist ebenfalls katholisch, weißt du. Und Jungfrau ist sie auch, ob du's glaubst oder nicht...»

«Nein!» Eddie lachte.

«Nein, wirklich, Ed, und sie tut mir irgendwie leid. Sie unterstützt ihre Mutter und ihren Onkel und ungefähr drei halbwüchsige Kids – Cousinen oder so was. Sie ist jetzt über dreißig, und immer noch hebt sie sich ihre Büchse für einen Ehemann auf. Aber weil sie eine ganze Familie zu versorgen hat – ihre Großmutter hat sogar bei ihr gewohnt, bis sie starb –, ist Nita nicht zum Heiraten gekommen. Und bei den kubanischen Mädchen ist es so: Wenn sie nicht mit neunzehn oder zwanzig verheiratet sind, können sie die Sache vergessen. Fünfundzwanzig ist das äußerste Limit, und dann müssen sie sich mit irgendeiner Niete zufriedengeben. Die einzige Chance, die Nita jetzt noch hat – wenn sie überhaupt eine hat –, besteht darin, einen alten Witwer zu finden, es sei denn, sie heiratet einen Weißen, einen Protestanten. Und das würde sie nie machen.»

«Na, zum Teufel, sie ist doch weiß, oder?»

«Ich denke schon, aber du weißt, was ich meine. Alle Kubaner haben einen leichten Touch mit dem Teerpinsel abgekriegt. Auf so einer Insel ist das gar nicht zu vermeiden. Sogar Castro ist ein Viertelnigger, weißt du.

Jedenfalls, Nita verwahrt sich ihre Büchse für irgend jemanden. Aber nicht ihren Arsch. Wie katholische Weiber sich diese Sachen im Kopf zurechtbiegen, das ist wirklich nicht zu fassen, Eddie. Aber sie fing an, über mein fehlendes Sexleben und so weiter zu brüten, und dann hat sie sich im Kopf zurechtgefummelt, daß es okay ist, wenn ich sie in den Arsch ficke. Aber woanders durfte ich sie nicht anfassen, verstehst du. Nicht mal küssen – denn ein fleischlich gedachter Kuß, verstehst du, wäre eine Todsünde. Ich wünschte, verdammt, ich hätte ein Tonbandgerät dagehabt, als sie mit diesem ganzen Zeug zu mir kam. Sie machte ein furchtbar ernstes Gesicht, und ihre großen braunen Augen waren ganz rund, als sie mir ihre Erläuterungen herunterratterte. Ich hatte große Mühe, keine Miene zu verziehen – aber es ist mir gelungen.

Ein ernster Cubano, das ist schon irre genug, aber eine ernste *Kubanerin* – Jesus! Sie redete und redete und fuchtelte mit Armen und Händen herum, weil sie immer aufgeregter wurde. Aber das Resultat der ganzen Sache war, daß ich sie hier auf dem Schreibtisch in den Arsch fickte. Ich hatte nichts dagegen. Es war eine Möglichkeit, und anfangs habe ich ihn ihr jeden verdammten Tag reingeschoben. Dann ist es mir irgendwie vergangen, und wenn ich nicht völlig verzweifelt bin, kann ich es nicht mehr. Einmal im Monat vielleicht, und manchmal vergehen auch fünf oder sechs Wochen, und dann rufe ich sie herein. Sie war beunruhigt, als ich nachließ, aber ich habe ihr erklärt, es sei wie in der Ehe. Anfangs treibst du es dauernd, dann nur noch gelegentlich. Ich habe ihr gesagt, sie soll mit ihren Freunden darüber reden – mit denen, die verheiratet sind –, und sie würden ihr das gleiche sagen. Das hat sie getan, und sie haben's getan, und so hat alles geklappt. Aber ich glaube, was mir wirklich die Lust genommen hat, war die Angst, daß sie es dem Pfarrer im Beichtstuhl erzählt. Wir gehen in dieselbe Kirche im Grove, weißt du. Ich will nicht, daß der versoffene Mistkerl irgend etwas gegen mich in die Hand kriegt.»

«Vielleicht hat sie es ihm schon erzählt, und er hat sich nichts anmerken lassen.»

«Nein, nicht dieser Drecksack, Eddie. Er säuft meinen Chivas wie Wein, Mann, und wenn er von Nita und mir wüßte, würde er versuchen, eine fette Spende aus mir herauszuholen.»

«Du hältst nichts von der Kirche, was, Don? Wie, zum Teufel, kann sie bloß glauben, ihr Arsch ist von der Sünde ausgenommen, wenn sie ...?» Eddie lachte, verschluckte sich dann und schüttelte den Kopf.

Don grinste. «An der Kirche ist nichts auszusetzen, Eddie; es sind die Leute darin. Die Leute finden immer einen Weg, zu tun, was sie wollen. Als Nita sich diese Idee mit ihrem Eichhörnchenverstand erst mal zurechtgelegt hatte, war sie entschlossen, sie auch durchzuziehen. Sie ist loyal mir gegenüber, sie hat sich Sorgen um mich gemacht, und sie hat sich eine Möglichkeit ausgedacht, mich glücklich zu machen. Im Grunde ihres Herzens oder tief vergraben in ihrem Verstand sitzt wahrscheinlich noch ein Zweifel, aber sie schafft es, ihn zu unterdrücken. Wenn sie diesen Zweifel *nicht* hätte, dann hätte sie sich wahrscheinlich vorher mit dem Priester beraten und *ihn* gefragt, ob die Sache in Ordnung ist. Verstehst du, was ich meine?»

«Na klar. Aber ich rede von dir, nicht von Nita. Was für ein Katholik bist du denn damit, du Sauhund?»

Don zuckte die Achseln. «Ich gehe sonntags zur Kirche. Ich bin ein ganz guter Katholik. Ich glaube an die Kirche. Ich bin seit der Vasektomie nicht mehr im Stand der Gnade. Aber früher oder später, denke ich mir, wird die Kirche so weit kommen, daß sie Vasektomien erlaubt. Und wenn sie es tut, kann ich beichten gehen, mir diesen ganzen Scheiß von der Seele schaffen und vergessen.»

«Angenommen, du stirbst inzwischen, Don, und bist noch nicht im Stand der Gnade?»

«Was hältst du von Kaffee, Ed?» Don ging zur Tür und öffnete sie. «Wir haben immer eine Kanne ...»

«Vergiß den Kaffee», sagte Eddie. «Wir sollten losfahren. Ich habe drei Tassen getrunken, bevor ich dich vom *Pancake House* aus angerufen habe.»

«Wann kommen wir zurück?»

«In zwei oder drei Stunden. Wir landen in Ft. Myers, essen zu Mittag und kommen geradewegs zurück. Aber wir müssen beide Autos nehmen. Ich werde kaum Lust haben, von Opa-Locka wieder in die Stadt zu fahren, wenn Miami Springs für mich näher ist; also fährst du besser hinter mir her. Ich fliege heute abend nach Chicago.»

«Okay», sagte Don. «Wenn das so ist, dann mache ich jetzt Feierabend.»

Don sagte Nita Peralta, er sei erst am nächsten Morgen wieder da, und die beiden Männer fuhren zum Flughafen nach Opa-Locka.

VIER

Vom Fliegen wurde Gladys schlecht. Dafür hatte Eddie gesorgt.

Um Gladys ab und zu loszuwerden und ein bißchen Zeit für sich zu haben, hatte er ihr erzählt, die Airline habe allen Piloten die Anweisung erteilt, monatlich zehn zusätzliche Flugstunden auf leichten Maschinen zu absolvieren, als «Auffrischungstraining». Gladys verstand nicht viel von Flugzeugen und der Airline, und sie hatte die Geschichte als Wahrheit akzeptiert. Aber sie war wütend gewesen, denn sie hatte es unfair gefunden, daß die Airline eine solche Anweisung erteilte und es dann den Piloten überließ, die Flugzeugmiete zu bezahlen.

«Wenn sie euch dazu zwingen», meinte Gladys, «dann sollten sie euch auch die Flugzeuge bezahlen.»

«So sehen sie es aber nicht», sagte Eddie. «Außerdem bezahlen sie uns ja deshalb so gut – damit wir genug Kohle haben, um für solche Kleinigkeiten nebenher aufzukommen. Sie finden, daß sie uns einen Gefallen tun. Die meisten Piloten fliegen gern leichte Maschinen, und indem sie uns diese Dienstanweisung geben, können wir die Kosten dafür von der Einkommensteuer absetzen.»

Gladys verstand eine Menge von Geld, und es besänftigte sie, daß Eddie die Flugzeugmiete absetzen konnte.

Eddie log nicht gern, und später hatte er sich gefragt, warum er Gladys eigentlich nicht dabeihaben wollte, wenn er flog, aber das Fliegen schien der einzige Bereich zu sein, in dem er noch wirklich allein sein konnte. Er hatte nichts dagegen, Gladys ständig um sich zu haben. Meistens war es sehr angenehm. Er hatte es gern, wenn sie ihn zum Miami International Airport fuhr und ihn abholte, wenn er von seinen regelmäßigen Flügen zurückkam. Auf diese Weise vermied er den Parkplatzärger. Er hatte sie gern dabei, wenn er nachmittags ins Kino ging, er redete gern beim Essen mit ihr, und es gefiel ihm, abends mit ihr zusammen fernzusehen. Aber manchmal wollte ein Mann eben einfach allein sein. Gladys machte oft Sachen, die sie nicht machen wollte, nur um mit ihm zusammenzusein. Und so hatte Eddie ein paar Dinge aufgegeben, die er gern tat, weil er wußte, daß sie ihr eigentlich keinen Spaß machten. Aber sie war immer bei ihm.

Abends gegen zehn vertrat Eddie sich gern noch einmal die Beine. Der Spaziergang zum *7/Eleven*, vier Straßen weiter, war da genau richtig. Er schlenderte hin, holte sich eine Coke und eine Tüte Erdnüsse, stöberte in den Zeitschriften und kaufte dann die Frühausgabe des *Miami Herald* vom nächsten Morgen. Gladys begleitete ihn auf diesen Spaziergängen, und das bedeutete, daß er warten mußte, bis sie frisches Make-up aufgelegt und sich für den Weg angezogen hatte. Aber wenn er einen kleinen Spaziergang machen wollte, dann wollte er – jetzt – einen kleinen Spaziergang machen und nicht zwanzig Minuten warten, weil Gladys ihr altes Make-up abschminken und ein frisches auflegen mußte. Aber er spielte mit und wartete, obwohl es ihn ungeduldig machte.

Das Joggen am frühen Morgen hatte er auch noch für sich. Gladys hatte sich einen neuen Jogginganzug und rote Lederlaufschuhe mit weißen Racing-Streifen gekauft, damit sie morgens mit ihm joggen konnte, aber sie hatte nur einen Morgen und einen Block überstanden, bevor sie aufgegeben hatte und nach Hause gegangen war. Eddie hatte ein schnelles Tempo angeschlagen, und als sie versucht hatte, mit ihm Schritt zu halten, hatten ihr die Brüste weh getan. Und so hatte Eddie nun noch das Joggen und das Fliegen. Die übrige Zeit während der drei oder vier Tage pro Woche, die er in Miami verbrachte, war Gladys bei ihm. Sie war dauernd bei ihm, schien es.

Sie hatte darum gebettelt, auf dem ersten Cessna-Flug dabeisein zu dürfen, und war ganz aufgeregt deshalb, weil sie noch nie mit einer leichten Maschine geflogen war. Das war ungefähr einen Monat nach seinem Einzug bei ihr. Sobald er ein bißchen Höhe erreicht hatte, war er seitwärts ins Trudeln abgekippt und hatte dann in scharfem Zickzackflug zu einem ziemlich schnellen Sturzflug von ungefähr zweihundert Fuß angesetzt. Gladys hatte ihre violette Hose und die weißen Sandalen vollgekotzt. Nur zehn Minuten nach dem Start war er zum Flughafen Opa-Locka zurückgekehrt.

«Wie kam es denn zu diesem schrecklichen Sturzflug?» wollte sie wissen, als sie aus der Maschine kletterte.

«Luftlöcher», log Eddie. «Sie sind überall, und ich hatte Mühe, die Gewalt über die Maschine zu behalten.»

Aber auch wenn sie das Fliegen mit ihm aufgegeben hatte, fuhr sie ihn doch zum Flughafen nach Opa-Locka und wartete auch, bis er herunterkam. Und das störte Eddie ein bißchen – zu wissen, daß sie da unten im Warteraum der *Twin Services* herumsaß, in alten *Aeronautical Journals* blätterte und sich zwei oder drei Stunden zu Tode langweilte. Dieses leise Schuldgefühl, das er empfand, vermieste ihm ein wenig die Freude, dort oben allein zu sein.

Wenn sie nicht in Fort Lauderdale gewesen wäre, wäre sie an diesem Tag bei ihm gewesen, hätte nichts gesagt, aber einen eifersüchtigen Schmollmund gezogen, weil er und Don für zwei oder drei Stunden allein und ohne sie weggefahren wären. In mancher Hinsicht erinnerte Gladys ihn an Schatzi, die Deutsche Schäferhündin, die er als Junge gehabt hatte. Wenn er seine Mutter umarmt oder sie zum Abschied geküßt hatte, bevor er das Haus verließ, dann hatte Schatzi gebellt und geknurrt. Bis er es ihr abgewöhnt hatte, indem er sie mit einer zusammengerollten Zeitung schlug, pflegte Schatzi nach den Beinen seiner Mutter zu schnappen.

Aber Don bei sich im Flugzeug zu haben war etwas ganz anderes. Don hatte wahrscheinlich hundert Fragen, aber er spürte, daß Eddie sich nicht unterhalten wollte, während er flog. Wenn Eddie sich unterhalten wollte, warum sollte er dann für fünfundfünfzig Dollar die Stunde ein Flugzeug mieten? Also hielt Don den Mund und schaute aus dem Fenster. Gladys würde fragen. «Was ist das? Und das? Und das?» Natürlich störte es schon in gewisser Weise, Don oder sonst jemanden überhaupt dabeizuhaben, denn wenn

Don nicht dabei wäre, müßte Eddie auch nicht über ihn nachdenken. Andererseits hatte Eddie gar nichts dagegen, über Don nachzudenken, denn solange er an Don dachte, brauchte er nicht an Gladys zu denken. Und jetzt, nachdem er seine Entscheidung getroffen hatte, war es schmerzhaft, an Gladys zu denken.

Don, dachte Eddie, war wie ein Chamäleon – ein gesellschaftliches Chamäleon –, denn er konnte sich an fast jede Gruppe und jede gesellschaftliche Situation anpassen; er fügte sich ein und wurde akzeptiert, obwohl er nie besonders viel sagte. Aber im Grunde war Don ein trauriger Kerl, ein Leidender, obwohl er sich seinen Schmerz nicht anmerken ließ und sich auch nicht über irgend etwas beklagte, es sei denn er hatte ein ziemlich enges Verhältnis zu jemandem wie zu Eddie und Hank und manchmal zu Larry. Aber selbst dann mußte Don ein bißchen aus der Reserve gelockt werden, damit er über seine Probleme redete.

Die Geschichte mit Nita und dem Arschfick war vermutlich wahr. Sonst hätte Don sie nicht selbst weitererzählt. Eddie hätte nie im Leben jemandem davon erzählt, wenn ihm so etwas passiert wäre. Und doch, auf eine merkwürdige Art hatte er Don dafür bewundert, daß er so mutig oder so demütig war, es erzählen zu können. Vermutlich konnte Don darüber reden, weil er katholisch war. Katholiken waren gewohnt, Beichten abzulegen, oder sie waren als Kinder dazu konditioniert worden, Nonnen und Priestern intime Dinge zu erzählen, und so machte es ihnen wahrscheinlich nichts mehr aus. Auch, daß Don Italiener war und so weiter – das hatte wahrscheinlich etwas damit zu tun, daß er weinte, wenn er betrunken war. Italiener waren sehr emotional. Eddie hatte seit seinem zwölften Lebensjahr nicht mehr geweint, und da war Schatzi überfahren worden. Sie war ein guter alter Hund gewesen, seine Schatzi. Eddie hatte abgelehnt, als seine Mutter ihm einen neuen kleinen Hund angeboten hatte. Er hatte keinen neuen Hund gewollt. Ein neuer Hund wäre nicht die alte Schatzi gewesen. Manche Sachen waren einfach zu verdammt intim, um darüber zu reden.

Eddie konnte auf keinen Fall mit irgend jemandem über sein

Sexleben mit Gladys reden, obwohl Hank ihm ein paarmal diesbezügliche Fragen gestellt hatte. Eddie hatte jedesmal nur gegrinst und die Achseln gezuckt. Er hatte den alten Hank die Wände hochgehen lassen. Aber was er und Gladys zusammen taten, würde niemand je erzählt bekommen. Er dachte nicht einmal gern daran. Er hatte im Laufe seines Lebens seinen Teil an Weibern gehabt, aber *so etwas* hatte er noch mit keiner getrieben! Eddie war nicht prüde. Er hatte im allgemeinen nichts dagegen, über Sex zu reden – wie man beispielsweise zugab, daß man in einer Nacht drei Miezen gevögelt hatte oder so was –, aber hier ins intime Detail zu gehen war einfach zu unanständig.

Jedenfalls hatte Hank recht gehabt mit dem, was er in seinem Brief über Don geschrieben hatte. Don war wirklich deprimiert. Er war ganz schön down. Aber Hanks Vorschlag, Don ein Mädchen zu besorgen, das er sich nebenher halten konnte, war nicht die Lösung. Außerdem hatte Don nie ein Problem dabei gehabt, eine Frau ins Bett zu kriegen. Die Frauen mochten Don. Er sah auf eine dunkle Art gut aus. Viele Frauen hatten Don gesagt, er sähe aus wie John Derek – in dem Film, in dem John Derek im Rollstuhl gesessen hatte. Kein Mensch konnte sich an den Titel dieses Films erinnern; Eddie erinnerte sich, daß Frauen zwei- oder dreimal Dons Ähnlichkeit mit John Derek ins Spiel gebracht hatten, und auch von denen konnte sich keine je an den Titel des Films erinnern. Aber jedesmal fügten sie hinzu: «In dem Film, wo John Derek im Rollstuhl saß.» Das war damals gewesen, als sie zu viert im *Turf and Surf* in Hialeah herumgehangen hatten, bevor der neue Geschäftsführer den Pooltisch abgeschafft hatte. Eddie und Hank hatten sich da zum Mittagessen getroffen und dann den ganzen Nachmittag Pool gespielt. Don kam zwischen halb drei und drei dazu und Larry gegen halb sechs. Manchmal tranken sie Bier und spielten Pool, bis der Laden um Mitternacht schloß. Das waren wirklich gute Zeiten gewesen, als Don noch im Gebäude gewohnt hatte. Aber als der neue Besitzer den Pooltisch abgeschafft hatte, waren sie statt dessen immer in den *White Shark* gegangen.

Aber Eddie wußte immer noch nicht, was er mit Don anfangen

sollte, und jetzt war es ein bißchen zu spät, um überhaupt noch etwas zu unternehmen. Er hätte schon eher zu ihm kommen sollen, statt die ganze Zeit mit Gladys zu verbringen. Na, wenn sie in Ft. Myers wären, würde er Don erzählen, daß er zum Captain befördert worden war. Das war das mindeste, was er tun konnte. Es machte Don immer glücklich, wenn einem seiner Freunde etwas Gutes passierte.

Das Flugzeug näherte sich der riesigen, verlassenen Betonplatte in den Everglades, die ein neuer Großflughafen für Miami hatte werden sollen, bevor die Umweltschützer den Staat gezwungen hatten, die Arbeiten zu stoppen. Die Pläne für den Flughafen waren fertiggestellt und über drei Millionen Dollar ausgegeben worden, bevor «Ökologie» in Mode kam. Aber die Landebahn war immer noch da, eine gewaltige und glattweg verschleuderte Ausgabe von Steuergeldern. Gelegentlich wurde sie von Privatflugzeugen benutzt und manchmal auch von den Airlines zu Ausbildungszwecken, aber mit dieser eingeschränkten Benutzung würde auch bald Schluß sein – sobald auf dem lotsenlosen Platz einmal ein schwerer Unfall passierte. Eddie legte gern ein paar Landeanflüge mit der Cessna hin, wenn er in die Nähe des Platzes kam, zumal wenn das Wetter so schön war wie heute. Aber als er jetzt hinunterschaute, sah er dreißig oder vierzig parkende Autos und eine Schar von Leuten am Südende der Betonplatte. Ein *drag race*. Also wurde es heute nichts mit den Durchstartübungen. *Drag race*-Fahrer waren Verrückte; manche dieser selbstgebauten Fahrzeuge, die mit Fallschirmen bremsten, rasten mit zweihundertfünfzig Meilen pro Stunde mitten über die Betonplatte.

Eddie legte die Maschine auf die Seite und flog eine langsame Platzrunde, damit Don die Leute und die Autos besser sehen konnte, und dann flog er schnurstracks über die 'Glades nach Naples. Von Naples aus folgte er der Küstenlinie hinauf nach Bonita Beach, bog dann landeinwärts und brachte die Cessna auf Page Field in Ft. Myers herunter.

FÜNF

Statt mit dem Taxi zur Edison Mall zu fahren, aßen sie auf Eddies Vorschlag hin in dem kleinen Café in Hangar 3 zu Mittag. Eddie bestellte das Special – Hackbraten mit Erbsen, Maisbrot und Brechbohnen –, aber Don sagte, er habe nicht viel Hunger, und bat um einen Hamburger und einen Schokomilch-Shake. Während sie in ihrer Nische saßen und auf das Essen warteten, polierte Don seine violetten Brillengläser mit einer Papierserviette.

«Auf dem Flug hierher, Ed, hatte ich eine Idee», sagte Don. «Ich weiß nicht, ob es klappen würde oder nicht, aber wenn, dann wäre es ein Ausweg für mich.»

«Ein Ausweg woraus?»

«Du weißt schon. Aus meiner Situation. Ich arbeite nicht sehr hart, weißt du. In gewisser Weise arbeite ich fast gar nicht. Ich bediene die Aufträge mit dem Material, das ich im Lager habe. Seit rund drei Jahren habe ich nicht mehr losziehen und Silber anbieten müssen.

Wie die Dinge liegen, brauche ich meistens an die zwei Monate, um einen großen Auftrag zu erfüllen. Eine Ersatzbestellung – zum Beispiel ein neuer Fünfundvierzig-Dollar-Löffel als Ersatz für einen, den eine Hausfrau in den Müll geworfen hat – erfordert zwischen drei und sechs Monaten Lieferzeit.

Ich bin also nicht überarbeitet. Tatsächlich erledigt Nita den größten Teil der Aufträge für Dade County. Meine Hauptaufgabe ist es, meinen Boss in Gunnersbury in England bei Laune zu halten und meine Verkäufer in Tampa und in Jax zu beaufsichtigen. Wenn man bedenkt, wieviel Kohle ich mache, habe ich manchmal ein schlechtes Gewissen, weil ich sowenig tue.»

Eddie grinste. «Mir geht es manchmal genauso. Ich habe übrigens gerade eine Gehaltserhöhung bekommen, Don – und die Beförderung zum Captain.»

«Wirklich? Gratuliere!»

«Danke. Ich habe die Beförderung eine Weile vor mir hergeschoben. Ich hätte den vierten Streifen schon vor zwei Jahren haben können, aber ich wollte warten, bis ich meine eigene Sieben-Siebenundzwanzig kriege. Wenn ich ihn schon vor zwei Jahren angenommen hätte, dann hätte ich Cargo geflogen und größtenteils miese Strecken bekommen. Der Schritt vom Kopiloten zum Piloten bedeutet im Moment nur zweieinhalbtausend mehr pro Jahr, aber am Ende wird es doch eine Menge mehr sein. Der springende Punkt ist, ich würde wahrscheinlich auch umsonst fliegen – oder für das, was ich zum bloßen Lebensunterhalt brauche –, wenn ich sonst nicht fliegen könnte. Aber andere Piloten im Verband empfinden zum Glück nicht so, und deshalb kassiere ich jetzt achtundzwanzigtausendfünfhundert im Jahr.»

«Verflucht, du verdienst es auch, Eddie. Als Captain bist du der Chef an Bord, und wenn etwas schiefgeht, mußt du deinen Arsch hinhalten.»

«Ich weiß. Im Grunde bezahlen sie uns dafür: die Verantwortung, nicht das Fliegen. Wenn sie uns bloß, sagen wir, sechs- oder siebentausend im Jahr zahlen würden, dann würden die Passagiere das Vertrauen ins Fliegen verlieren, denke ich. Das ist wie bei den Psychoanalytikern. Die verlangen fünfzig Dollar die Stunde, deswegen vertraut man ihnen.»

«So habe ich das noch nie gesehen, aber wahrscheinlich hast du recht. Aber ich hätte ein paar Fragen an dich, Eddie, bevor ich dir meine Idee vorlege. Okay?»

«Was du willst, Mann.»

«Die Cessna. Könnte sie dich und mich und ungefähr zwölfhundert Pfund zusätzlich befördern?»

«Nein. Diese nicht. Aber die zehnsitzige könnte es – die Cessna Vier-Null-Zwei. Wenn nicht zehn Passagiere drinsitzen, meine ich.»

«Könntest du eine kriegen – eine Vier-Null-Zwei?»

«Na klar. Ich habe mehr als dreieinhalbtausend Flugstunden auf mehrmotorigen Maschinen absolviert, Herrgott.»

«Das weiß ich. Aber kann man so was mieten, so eine Zehnsitzige?»

«Wenn du hundert Dollar pro Stunde ausgeben kannst. Der Preis liegt – oder lag immer – bei fünfundsechzig Cent pro nautische Meile. Könnte sein, daß manche Mietfirmen teurer geworden sind, wie alles andere auch.»

«Wie lange würdest du brauchen, um von Opa-Locka nach Tampa und zurück zu fliegen?»

«Für einen exakten Plan müßte ich einen Blick auf die Karten werfen, aber ich kann dir eine ungefähre Vorstellung geben. Es sind zirka hundertfünfundzwanzig Meilen von Miami nach Tampa – nautische Meilen –, und die Vier-Null-Zwei hat eine Reisegeschwindigkeit von ungefähr hundertachtzig Knoten. Man würde also ungefähr eine Stunde pro Strecke brauchen, ein paar Minuten mehr oder weniger. Aber in Tampa kannst du nicht immer landen, wann du willst. Manchmal lassen sie kleine Maschinen warten – beim Landen wie beim Starten. Sie haben Prioritäten, weißt du.»

«Brauchst du einen Flugplan?»

Die Kellnerin brachte ihnen das Essen. Als sie die Teller hinstellte, schaute sie Don an und lächelte. «Sie haben schönes Haar», sagte sie.

«Danke», sagte Don und nickte freundlich. «Ich war gestern beim Friseur. Zwölf Dollar für den Schnitt.»

«In Fort Myers?»

«Nein – in Miami. Ich gehe ungefähr zweimal im Monat.»

«Ich dachte mir, daß es nicht in Fort Myers war. Ich wollte nicht unhöflich sein. Aber mein Mann hat langes Haar wie Sie, und seins sieht aus wie ein Rattennest.»

«Schon okay. Es ist immer nett, wenn man ein bißchen Feedback kriegt. Vielleicht war der Bursche seine zwölf Dollar ja wert.» Er grinste Eddie an. «Wo läßt du dir die Haare schneiden, Eddie?»

«In der Friseurschule in Miami. Seiten ausrasieren: ein Dollar fünfzig.»

«Ich würde es lieber sehen, wenn mein Mann so kurze Haare hätte wie Sie», sagte die Kellnerin zu Eddie. «Statt daß es aussieht wie ein Rattennest.»

Die Kellnerin ging, und Don nickte ernst. «Siehst du, wie es geht, Eddie? Wenn du dir die Haare wachsen läßt, kannst du dich vor ihnen nicht mehr retten.»

Eddie grinste. «Ich kann es nicht ausstehen, wenn es mir so über die Ohren wächst, aber ich trag's auch ein bißchen länger, seit ich mit Gladys zusammenlebe. Aber in letzter Zeit denke ich daran, mir wieder den flachen Bürstenschnitt zuzulegen. Das war die beste Frisur, die Männer je hatten, und George Peppard hat sie sich auch wieder machen lassen. Ich habe neulich sein Bild in der Zeitung gesehen.»

«Wo war ich stehengeblieben? Bevor mein Fan kam?»

«Beim Flugplan. Die Antwort ist nein. Man braucht keinen Flugplan einzureichen – nicht bei einem gemieteten Flugzeug. Wenn du die Kontinentalgrenzen verlassen willst – sagen wir, du fliegst nach Nassau –, dann brauchst du einen. Aber das hat damit zu tun, daß der Zoll dein Flugzeug kontrollieren muß, wenn du zurückkommst. Was hast du denn genau vor?»

«Na ja, was ich brauche, weißt du, ist ein bißchen Geld. Vierundzwanzig komplette Sets, pro Stück ungefähr fünfzig Pfund in einer hübschen kleinen Schatulle, sind ungefähr zwanzigtausend wert. Mein Plan oder meine Idee war es, vierundzwanzig solche Sets aus meinem eigenen Lager zu stehlen und mich, meine Tochter und das Silber von dir nach Tampa fliegen zu lassen. Du könntest dann allein zurückfliegen, verstehst du, und ich könnte mir da oben einen Wagen mieten und abhauen. Wir könnten uns irgendwo niederlassen, in New Orleans oder in Dallas, und ich könnte einen neuen Namen annehmen. Und wenn wir uns eingerichtet hätten, könnte ich mir einen Job suchen und ein neues Leben anfangen.»

Eddie schüttelte den Kopf. «Don, Don, Don – du hast dir das eigentlich nicht gründlich überlegt, nicht wahr?»

«Nicht im Detail, nein, aber im großen und ganzen schon – auf dem Flug hierher.»

«Wie willst du denn das Silber und deine Tochter nach Opa-Locka bringen?»

«Ich könnte mir einen Laster mieten, denke ich.»

«Und den am Flughafen stehenlassen?»

«Na klar. Du könntest ihn dann für mich zurückbringen, wenn du aus Tampa zurückkommst.»

«Ich weiß was Besseres. Du besuchst doch einmal im Monat deinen Verkäufer in Tampa, nicht wahr?»

«Das sollte ich eigentlich, aber meistens tue ich es nur alle zwei Monate. Es ist einfacher, ihn anzurufen, und Henry ist ein ziemlich guter Mann. Aber ich fliege einmal im Monat nach Jax. Ich nehme die Frühstücksmaschine hin und die Abendbrotmaschine zurück. Und ich sage dem Halunken nie vorher, daß ich komme.»

«Okay. Wie wär's mit folgender Idee? Du fährst hinüber nach Tampa und machst klar, daß du in Tampa bist – als Alibi –, um Henry zu kontrollieren. Dann hole ich dich am Abend in Tampa ab und fliege dich nach Miami zurück. Du hast einen gestohlenen Wagen am Flughafen Opa-Locka abgestellt. Du nimmst den gestohlenen Wagen, fährst in die Stadt zu deinem Lagerhaus, holst das Silber und fährst zurück nach Opa-Locka. Ich fliege dich und das Silber wieder nach Tampa.»

«Aber was ist mit Marie? Ich gehe nicht ohne meine Tochter.»

«Warte, bis ich fertig bin. Du bleibst die Nacht über in Tampa, und am nächsten Tag fährst du zurück nach Miami. Dann stellst du fest, daß das Silber fehlt, und alarmierst die Polizei. Du bist aus dem Schneider, du kannst es unmöglich genommen haben, weil du in Tampa warst, und Henry Messinger kann das bestätigen. Unterdessen ist das Silber irgendwo da drüben versteckt. Wenn Gras über die Sache gewachsen ist – sagen wir, in zwei oder drei Monaten –, dann kannst du kündigen, Marie nehmen und nach Tampa fahren. Und *dann* holst du dein Silber und verschwindest nach New Orleans oder sonstwohin.»

«Der Plan klingt besser als meiner.»

«Es ist jedenfalls ein Plan. Du hattest keinen Plan. Du hattest bloß eine Idee. Eine schlechte Idee.»

«Würdest du das für mich machen, Eddie?»

«Klar. Warum nicht? Wenn du es willst. Aber ich sage dir eins: Du wirst verfluchte Mühe haben, noch einmal so einen Dreißigtausend-Dollar-Job zu finden, wie du jetzt einen hast.»

«Scheiße», sagte Don, «damit rechne ich gar nicht. Aber so, wie Clara mich jetzt umzingelt hat, kann ich mein Geld sowieso nicht behalten. Mein Gehalt und meine Kommission fließen direkt auf ihr Konto, und dann gibt sie mir ein wöchentliches Taschengeld. Es ist ein angemessenes Taschengeld, aber es ist nicht dasselbe. Das Haus und sogar der *Mark IV* laufen auf ihren Namen. Marie und ich, wir werden nicht viel brauchen – aber ich brauche mindestens zehntausend als Startkapital, und zwanzig wären noch besser. Verstehst du, was ich meine, Eddie?»

«Ja. Aber wenn du als Flüchtling versuchst, einen neuen Anfang zu machen – du und ein kleines Mädchen, die mit neuen Namen irgendwo versuchen, von vorn anzufangen... entweder wirst du erwischt, oder du mußt dir die ganze Zeit Sorgen machen, daß du erwischt wirst.»

«Nein, Ed, ich werde nicht erwischt. Ich werde an diesem Plan arbeiten, alles vorbereiten, und mit deiner Hilfe ziehe ich es durch.»

«Auf mich kannst du dich verlassen, Don.»

Eddie war aufrichtig froh, Dons Gesicht so belebt zu sehen; die dunklen Augen leuchteten, und er hatte das überlegene, erhabene Lächeln der Blinden. Es war lange her, daß er einen so überschwenglichen Ausdruck auf Dons Gesicht gesehen hatte. Natürlich hatte er keineswegs die Absicht, Don dabei zu helfen, seine eigene Firma zu klauen, aber es konnte nicht schaden, Don in diesem Glauben zu lassen. Die Gegenwart ist ohnedies alles, was ein Mann hat, und Eddie hatte es heute schon dreimal geschafft, dafür zu sorgen, daß Don sich wohl fühlte. Erst, indem er ihn aus seinem öden Büro abgeholt hatte, um mit ihm nach Fort Myers zu fliegen, dann, indem er Don von seiner Beförderung erzählt hatte, und schließlich damit, daß er ihm vorgegaukelt hatte, er werde ihm bei seinem dummen Plan behilflich sein, seiner Firma für zwanzigtausend Dollar Silber zu stehlen.

Sie bestellten Dessert und Kaffee. Eddie nahm Apfelpastete, und Don wollte Erdbeerwackelpudding. Eddie fand die harte Kruste ungenießbar und aß nur die Füllung aus Äpfeln und Maismehl, und dabei sah er zu, wie Don den ganzen gummiartigen Wackelpudding vertilgte. Es war das schlechteste Mittagessen, das Eddie seit Monaten bekommen hatte.

Auf dem Rückflug nach Opa-Locka strich Eddie in nur zweihundert Fuß Höhe über dem Boden dahin, um den Flug für Don aufregender zu gestalten. Aber Don hatte kein Interesse mehr daran, aus dem Fenster zu schauen. Er lächelte vor sich hin und verbrachte die meiste Zeit des Fluges damit, daß er sich Notizen machte und mit einem silbernen Kugelschreiber allerlei Zahlen in sein schwarzledernes Notizbuch schrieb.

Sie versprachen einander, sich bald wieder einmal zu treffen, und verabschiedeten sich am Flughafen in Opa-Locka um halb zwei nachmittags.

SECHS

Eddie bezahlte die Flugzeugrechnung, verließ den Flughafen Opa-Locka, fuhr geradewegs zu *Mel's Foreign Car Exchance* auf der West Flagler und verkaufte seinen MG zu dem Preis, den sie verabredet hatten. Er bekam nicht soviel, wie er hätte bekommen können, wenn er den Wagen in Zahlung gegeben hätte, aber es war immer noch mehr als der Listenpreis und mehr, als er erwartet hatte. Die vierzigtausend Meilen, die der MG auf dem Buckel hatte, waren ziemlich scharf gefahren worden, aber das wußte Mel ja nicht.

«Hören Sie, Mel», sagte Eddie, nachdem er die Papiere unterschrieben und den Scheck bekommen hatte, «wenn ich das Radio vorher ausgebaut hätte, hätten Sie mir dann etwas vom Preis abgezogen?»

«Natürlich nicht. Aber was nützt Ihnen ein Autoradio ohne ein Auto?»

«Es ist dreißig, vierzig Dollar wert, oder?»

«Vermutlich – wenn Sie jemanden finden, der es kauft. Aber man setzt voraus, daß in einem Auto auch ein Radio ist.»

Eddie grinste. «Ich will auf etwas anderes hinaus. Wenn das Radio, sagen wir, dreißig Dollar wert ist und ich es Ihnen gratis mitgegeben habe, absolut gratis, dann könnten Sie mich von einem Ihrer Verkäufer gratis nach Hause fahren lassen. Ein Taxi von hier nach Miami Springs kostet mich fünf oder sechs Dollar.»

«Na klar.» Mel lachte. «Sie Geizkragen. Ich fahre Sie selbst nach Hause. Sie waren ein guter Kunde, Eddie. Von mir aus können Sie das Radio sogar mitnehmen.»

«Ich will das Scheißradio gar nicht», grinste Eddie. «Ich will bloß eine Fahrt nach Hause.»

Gladys Wilsons Haus, das auf einem halben Hektar großen dschungelhaft überwucherten Grundstück stand, veranlaßte Mel, leise zu pfeifen, als er in die halbkreisförmige, kiesbedeckte Zufahrt einbog und vor der Kupferdachveranda hielt.

«Ihr Flugzeugchauffeure habt ein ziemlich flottes Leben», sagte er.

Eddie zuckte die Achseln. «Es hat nur drei Schlafzimmer. Daß es so groß aussieht, liegt nur an dem überdachten Pool und an der Art, wie die Gartenbereiche getrennt sind.»

«Genau.» Mel grinste. «Ein halber Hektar optische Täuschungen.»

Die beiden Männer gaben einander die Hand, und Eddie dankte Mel für die Heimfahrt.

Eddie hatte immer noch reichlich Zeit, und er nutzte sie zum Packen. Nach Möglichkeit wollte er alles in seinen alten Airforce-Sack bekommen, und das erforderte sorgfältiges Planen und Ordnen. Die beiden neuen, ungetragenen Maßanzüge stellten ihn vor ein Dilemma. Gladys hatte schon ein paarmal mit ihm zu einem Schneider gehen wollen, um ihm Anzüge und Jacketts machen zu lassen, aber er hatte sich immer geweigert. Da hatte sie ohne sein Wissen seine älteste Uniform, sein Lieblingsstück, zu einem Schneider getragen und die beiden Anzüge – einen blauen Gabardine- und einen dunkelgrauen Cordanzug – nach den Uniformmaßen nähen lassen. Das hatte drei Wochen gedauert. Immer wenn Eddie die Uniform hatte anziehen wollen, hatte sie ihm gesagt, sie sei in der Reinigung und sie habe vergessen, sie abzuholen. Der Schneider hatte die Uniform aufgetrennt, um die Maße zu nehmen, aber beim Zusammennähen war der abgetragene Stoff unter den Armen gerissen. Eddie hätte die Uniform sowieso nur noch ungefähr einen Monat tragen können, aber trotzdem hatte er Gladys die Hölle heiß gemacht. Die geschenkten Anzüge ärgerten ihn, nicht die Beschädigung der alten Uniform (er hatte noch drei andere Uniformen), und er hatte die neuen Anzüge nicht einmal anprobiert. Jetzt beschloß er, sie doch mitzunehmen. Schließlich waren sie ihm auf den Leib geschneidert, er würde in Chicago Anzüge brauchen, und wenn er sie nicht mitnähme, was würde Gladys dann damit anfangen?

Es gab nicht mehr viel zu packen, nachdem er seine Uniformen und die beiden Anzüge in der Airforce-Tasche untergebracht hatte. Seine Hemden, seine Jeans und ein Extrapaar schwarze Seidensocken paßten mit etwas Quetschen in die Außentaschen. Aber sein dunkelblauer Nicky-Bademantel und zwei Paar schwarze Fliegerstiefel waren noch übrig, und er mußte sie in eine braune Einkaufstüte stopfen. Seine übrigen persönlichen Sachen – die wenigen, die er hatte –, darunter sein Banjo und seine Vietnam-Souvenirs, lagerten noch im Haus seiner Mutter in Lauderdale, er konnte sie sich später nachschicken lassen, wenn er sich erst eingerichtet hätte.

Als er fertig war, machte er sich einen leichten Scotch mit Wasser und einem Eiswürfel und ging damit ins Wohnzimmer. Auf dem Yamaha-Flügel stand ein Farbfoto von Gladys in einem silbernen Rahmen, und während er an seinem Drink nippte, überlegte er, ob er es auch mitnehmen sollte. Das Foto gehörte ihm; Gladys hatte es ihm geschenkt, und er hatte den teuren Rahmen selbst gekauft. Es war ein künstlerisches Foto, und die Pose war manieriert. Wie sie das kohlschwarze Haar zurückgeworfen und die Zähne lächelnd entblößt hatte, erinnerte Gladys ihn an eine Zigeunerin. Das liegt an den runden goldenen Ohrringen, dachte er. Aber niemand konnte dem Foto ansehen, daß die unteren Schneidezähne, die ganze Reihe, eine herausnehmbare Prothese waren.

Eddie wußte aus Erfahrung, daß ihr Gesicht nach und nach aus seiner Erinnerung verschwinden würde, wenn er Gladys ein, zwei Jahre nicht leibhaftig gesehen hätte. Er würde sich natürlich immer daran erinnern, wie sie ausgesehen hatte, aber nicht ganz genau, und vielleicht war das besser so. Das Foto war ein paar Jahre alt, und so frisch sah sie schon jetzt nicht mehr aus; es hatte also eigentlich keinen Sinn, es mitzunehmen. Gladys würde nicht lange allein leben; sie könnte das Foto zusammen mit dem teuren Silberrahmen ihrem nächsten Lover schenken. Wenn sie *ihn* gefunden hatte, konnte sie auch noch jemand anderen finden.

Eddie hatte sich beim Packen die Lederjacke ausgezogen, aber jetzt fröstelte ihn doch. Er warf einen Blick auf den Thermostat. Achtzehn Grad. Himmel! Er drehte die Nadel auf vierundzwanzig Grad und zog die Jacke wieder an. Dann hakte er die Innentasche auf und zog sein Sparbuch heraus. 73583,14 Dollar. Er war am Tag zuvor hingegangen, um das Geld abzuheben und sich einen Barscheck dafür ausstellen zu lassen, aber der Bankmensch hatte ihn daran erinnert, daß in zehn Tagen noch eine Zinszahlung fällig wurde und daß er das Geld verlieren würde, wenn er seine Einlage vorher abhöbe. Also hatte Eddie beschlossen, seine Ersparnisse nicht abzuholen. Aber er würde es irgendwann tun müssen, wenn er eine bessere Möglichkeit gefunden hätte, sein Geld zu investieren. Bei soviel Geld sollte er eigentlich mehr als fünfdreiviertel Prozent Zinsen bekommen können, aber er war zu faul oder zu vorsichtig gewesen, als er sich nach einer neuen Investitionsmöglichkeit umgesehen hatte. Im Moment brauchte er nichts. In Chicago lagen noch zwei Gehaltsschecks, die er nicht eingelöst hatte. Vielleicht wäre es am besten, die Dreiundsiebzigtausend in Miami liegenzulassen, bis die Summe auf runde Hunderttausend angewachsen war, und in Schiller Park ein neues Sparkonto anzulegen. In ein paar Jahren – letzten Endes – würden seine Ersparnisse ganz schön anwachsen, und dann würde er sich nicht mehr den Kopf mit dem Studium von Anlagemöglichkeiten zerbrechen müssen. Er steckte das Sparbuch wieder in die Innentasche und hakte die Sicherheitsnadel zu.

Eddie freute sich auf das Wiedersehen mit Hank. Der alte Hank würde sicher staunen, ihn in seinem Apartment anzutreffen, wenn er nach Schiller Park zurückkäme, aber Eddie hatte ein ungutes Gefühl, weil er Don allein in Miami zurückließ.

Er nahm Dons Visitenkarte aus der Brieftasche und rief in Dons Büro an.

«Miss Peralta», sagte er, als die Sekretärin sich meldete, «hier ist Captain Eddie Miller – von heute morgen, wissen Sie noch? Ich habe eine Nachricht für Mr. Luchessi. Haben Sie etwas zum Schreiben? Gut. Sagen Sie ihm, ich bin unerwartet nach Chicago versetzt worden. Ja, Chicago. Richtig. Ich fliege jetzt von Chicago nach Seattle, und die Airline möchte, daß Chicago mein Heimatflughafen ist. Richtig. Und ich werde bei Mr. Norton in Schiller Park wohnen. Mr. Luchessi hat die Adresse und die Telefonnummer, da bin ich sicher; es hat also keinen Sinn, daß ich sie Ihnen jetzt noch einmal gebe. Wegen des Geschäfts, das wir heute besprochen haben, werde ich ihm von dort schreiben oder ihn anrufen. Okay? Sie sind ein braves Mädchen, Miss Peralta, und geben Sie gut acht auf Ihren Boss, verstanden? Ich danke Ihnen. Und ich wünsche Ihnen alles Gute.»

Er legte auf. Das war das. Sollte Don ihn in Chicago anrufen und ihm ernstlich auf die Nerven gehen mit seinem blöden Plan, die Firma zu beklauen und das Flugzeug zu benutzen und so weiter, dann würde er ihm anbieten, ihm zehntausend Dollar zu acht Prozent zu leihen. Don würde für diese Summe gut sein, und acht Prozent wären sehr viel besser als die fünfdreiviertel, die er jetzt von seiner Sparkasse bekam. Selbst wenn Don nur in Monatsraten von hundertacht Dollar zurückzahlen sollte, würde er seine zehntausend irgendwann zurückbekommen, und heutzutage konnte jeder hundertacht Dollar im Monat zusammenkratzen. Aber er hatte so eine Ahnung, daß Don bleiben würde, wo er war: in der Sackgasse seines Dreißigtausend-Dollar-Jobs. Langfristig würde er sich damit besser stehen, selbst wenn er mit Clara zusammenlebte. Außerdem sind manche Leute zum Unglücklichsein geboren oder programmiert. Don zum Beispiel. Gladys Wilson. Seine verwitwete Mutter...

Eddie nahm den Bericht über Gladys Wilsons Handtasche heraus, den Hank ihm geschickt hatte, mixte sich noch einen Scotch mit Wasser und legte die LP mit der Filmmusik zu *2001: Odyssee im Weltraum* auf den HiFi-Plattenspieler, bevor er es sich bequem machte, um zu lesen.

Er las den Bericht zweimal und grinste beide Male an derselben Stelle. Hank konnte verflucht komisch sein, wenn er wollte. Aber Hanks Bericht hatte ihn vor einer schmerzlichen Aufgabe bewahrt. Eddie haßte das Briefeschreiben, und er hatte es immer wieder aufgeschoben, Gladys einen Brief zu schreiben und ihr zu sagen, daß er fortgehe und sie nicht wiedersehen werde. Es gab ohnehin keine gute Art, einen solchen Brief zu schreiben, aber jetzt brauchte er nur Hanks Bericht auf dem Couchtisch liegenzulassen, und dann konnte Gladys ihn lesen und brauchte keinen Abschiedsbrief von ihm.

Froh über diese saubere Lösung, rief Eddie sich ein Taxi und trug seine Airforce-Tasche und die pralle Papiertüte auf die Veranda. Dann ging er noch einmal ins Haus, löste die Hausschlüssel und den Zweitschlüssel von Gladys' Cadillac von seinem Schlüsselring und legte sie auf den Bericht. Wenn Gladys den Bericht las, würde sie wahrscheinlich Hitzewellen bekommen, dachte Eddie. Rücksichtsvoll stellte er den Thermostat auf zehn Grad herunter, und dann ging er hinaus, setzte sich in die Mittagssonne und wartete auf das Taxi, das ihn zum Miami International Airport bringen sollte.

SIEBEN

Im Jahr 1967, verwundert über stagnierende Verkaufszahlen in den Vereinigten Staaten in Zeiten blühender Konjunktur, beauftragte der Vorstand des Unternehmens Gunnersbury Silversmiths Ltd. das Reinsberg Research Institute in Baltimore, Maryland, mit einer landesweiten Untersuchung. Neben etwa fünfzehn Pfund schweren, unhandlichen Computerausdrucken voller Binärstatistiken erhielt der Vorstand einen Bericht von vierundzwanzig einzeilig beschriebenen Seiten mit ein paar bündigen und etlichen plausiblen Vorschlägen auf der Grundlage dieser Statistiken.

Es war eine konservative, aber praktisch denkende Firma, und so folgte der Vorstand einigen der Vorschläge nicht ohne Zögern und natürlich mit eigenen Modifikationen. Die Folge war, daß der Silberbesteckumsatz der Firma Gunnersbury Silversmiths Ltd. in den Vereinigten Staaten sich Ende 1969 um fast zwanzig Prozent gesteigert hatte.

Junge amerikanische Paare bewirteten, wie die Reinsberg-Forscher berichteten, von seltenen Gelegenheiten abgesehen, niemals mehr als zwei andere Paare bei Tisch; daher war das komplette Silberbesteck für zwölf Personen, das für Jungverheiratete eine ziemlich hohe Ausgabe bedeutete, nur schwer zu verkaufen, weil mindestens die Hälfte davon selten oder nie auf den Tisch kam.

Daraufhin wurden neue und attraktivere Lederschatullen für das Silber entworfen, und die Zwölfer-Sets wurden halbiert und auf zwei kleinere Kästen mit jeweils sechs Sets verteilt. Die Umsätze stiegen steil an. Vier Sets reichten nicht ganz, und acht waren immer noch zuviel, aber sechs waren gerade richtig für eine junge und wohlhabende amerikanische Mittelklasse-Braut.

In den 127 Existenzjahren der Firma hatten geschäftstüchtige und kunstbegabte Silberschmiede achtundsechzig verschiedene Besteckdekore entworfen. Manche davon, schwer und in groteskem Maß barock, wurden von jungen Leuten nur selten gekauft, und wenn Großeltern sie für ihre Enkelinnen kauften, brachten die jungen Bräute sie in den meisten Fällen zum Juwelier zurück und tauschten sie gegen leichtere, schlichtere, «modernere» Muster um. Mit fünf gegen vier Stimmen – wobei die ausschlaggebende Stimme von dem vierundzwanzigjährigen Vorstandsvorsitzenden, einem Mitglied der Familie, kam – wurde beschlossen, siebenundfünfzig dieser Dekore ab sofort nicht mehr herzustellen, und die noch vorhandenen Bestecke wurden in den Tresor verbannt. Diese ausgemusterten Bestecke wurden als Ersatzteillager für Nachbestellungen ausgeschlachtet, und Nachbestellungen ausgelaufener Muster wurden zum doppelten Preis geliefert.

Auf den Vorschlag des Vorstandsvorsitzenden hin wurde ein neues, schmuckloses Dekor entwickelt, bei dem auf jedem «verschlankten» Griff gerade noch Platz für eine einzelne schmale Initialgravur war, und dieses wunderschöne, rein funktionale Muster bekam auf das Beharren des jungen Vorstandsvorsitzenden hin den Namen «English Danish». Trotz der Mehrdeutigkeit – oder gerade deshalb – wurde «English Danish» innerhalb von zwei Jahren das beliebteste Besteckdekor in der Geschichte von Gunnersbury Silversmiths Ltd.

Andere, geringfügige Veränderungen wurden aufgrund des Reinsberg-Reports vorgenommen, denn sie waren nicht so radikal wie die Einstellung von siebenundfünfzig Dekors. Bestimmte Besteckteile zum Beispiel wurden aus den Sets entfernt. Wenn Amerikaner überhaupt Tischmanieren beigebracht bekamen, lernten sie, ihr Messer, wenn sie es nicht brauchten, auf dem Tellerrand abzulegen. Die verschnörkelten und schwierig herzustellenden Messerbänkchen aus geschliffenem Glas und Silber wurden von amerikanischen Hausfrauen nicht verwendet, weil die verwirrten jungen Frauen nicht wußten, wozu sie dienten, und entweder zu eingeschüchtert oder zu verlegen waren, um den Juwelier danach zu fragen. Es war einfacher und billiger, Gegenstände wie Messerbänkchen und Gurkengäbelchen aus den Sets zu eliminieren, als ein Beiheft zu produzieren – wie es der Reinsberg-Report vorschlug – und darin ihren Zweck zu erläutern. Und wenn doch jemand Messerbänkchen haben wollte, so konnte er sie separat – und zu einem hohen Preis – bestellen.

Der steuerlich absetzbare Reinsberg-Report war jeden Cent wert, den das Vereinigte Königreich und die Vereinigten Staaten im Jahr 1967 an Steuern nicht erhielten, und noch mehr für Gunnersbury Silversmiths Ltd.

Als Don Luchessi jetzt den Einbrecheralarm deaktivierte, bevor er den begehbaren Safe in seinem gemieteten Lagerhaus betrat, dachte er an den Reinsberg-Report. Die Folge davon war, daß er acht Schatullen «English Danish», zwei Schatullen «Wheat» und zwei Schatullen «Victoria» auswählte, um sie im Kofferraum seines *Mark IV Continental* zu verstauen, den er rückwärts ins Lagerhaus und an den Tresorraum gefahren hatte. Der Großhandelswert der zwölf Sets betrug ungefähr 10550 Dollar (ein «Victorian» war mindestens um ein Drittel mehr wert als das billigere «English-Danish»), aber Don schätzte, wenn er die Sets einzeln verkaufte, je nachdem, wie es gerade nötig war, würde er deutlich mehr bekommen als den von Gunnersbury Silversmiths in England vorgeschlagenen Großhandelspreis.

Don schloß den Kofferraum ab, fuhr den Wagen hinaus und parkte in der gelben Zone vor der Außentür des Büros. Er öffnete das Handschuhfach, nahm die .45er halbautomatische US-Army-Pistole heraus, überprüfte das Magazin, zog den Schlitten zurück und ließ ihn wieder los, um eine Patrone in die Kammer zu laden. Ohne den Sicherungshebel umzulegen, schob er die Pistole mit dem Kolben voran wieder ins Handschuhfach und schloß die kleine Klappe, ohne sie abzuschließen. Don hatte seit *jener* Nacht immer eine Pistole im Handschuhfach, aber geladen und schußbereit war sie nur, wenn er Silber im Wagen transportierte.

Es war halb acht morgens, als er die Lagerhaustür abschloß und die Eingangstür zu seinen Büroräumen öffnete. George, sein schwarzer Lagerwärter und Mädchen für alles, hatte seinen eigenen Schlüssel für die Doppeltür des Lagers; er würde – ungefähr – gegen halb neun erscheinen. Nita Peralta würde pünktlich um acht Uhr fünfundvierzig da sein. Normalerweise stand der Kaffee fertig da, wenn Don um Viertel nach neun kam, und Nita servierte ihn immer mit Sahne und Zucker und einem kleinen Teller *sobre mesas* in seinem Büro.

Aber heute war der entscheidende Tag, und bis jetzt war alles nach Plan und in der vorgesehenen Zeit verlaufen. Er las noch einmal die Kartei-Karte, als er an seinem Schreibtisch saß, und hakte Punkt eins und zwei ab. Punkt drei war die Entlassung seines Verkäufers in Jacksonville, Robert C. Matlock. Er hatte den Kerl nie leiden können, aber er hatte ihn engagiert, weil er ein gewissenhafter Verkäufer war. Er schrieb den Brief vor, damit seine Sekretärin ihn tippen konnte, und fügte eine Notiz für Nita hinzu, in der er sie anwies, den Brief um zwei Tage vorzudatieren, in seinem Namen zu unterschreiben und einen Durchschlag an Gunnersbury Silversmiths Ltd. nach England zu schicken. Mit etwas Glück, dachte Don hoffnungsvoll, würde der verbitterte Matlock, ohne vernünftigen Grund gefeuert, ein wenig von dem Silber stehlen, das er in Jacksonville in Händen hatte, und damit verschwinden. Vielleicht, und wahrscheinlich nicht; aber Don hatte Matlock noch nie leiden können, und da er selbst untertauchen wollte, würde es nicht schaden, wenn er ein bißchen Verdacht auf Matlock lenkte.

Er strich den Punkt vier auf seiner Kartei-Karte durch und schloß den Aktenschrank in Nitas Büro auf. Er nahm die Inventarakte heraus, riß sie in vier Teile und stopfte die Viertelbögen Tabellenpapier in eine braune Tüte, die er zu diesem Zweck mit ins Büro gebracht hatte.

Don setzte sich an Nitas Schreibtisch und schrieb ihr eine zweite Notiz, auf der er ihr mitteilte, daß er in den nächsten drei Tagen bei Henry Messinger in Tampa sein werde, um dessen Verkaufsgespräche zu überprüfen. Dann hatte er noch einen Einfall: er trug Nita auf, George das Lager ausfegen zu lassen und dem Hilfsarbeiter dann zwei Tage frei und zehn Dollar Lohnerhöhung zu geben, weil er so gut arbeite. Falls sie Kontakt mit ihm aufnehmen müsse – was er bezweifle –, könne sie ihn nach zwanzig Uhr im *Ramada Inn* in Tampa erreichen.

Don nahm die Tüte mit der zerrissenen Inventarliste, schloß das Büro ab und fuhr davon. Zum Frühstück aß er das *Breakfast Special* im *Hojo's* am Biscayne Boulevard, und dann fuhr er zum hinteren Parkplatz bei *Jordan Marsh* und stellte dort den *Mark IV* ab. Er schloß den Wagen ab, warf die Tüte mit der Akte in die Mülltonne am Hintereingang und trat ein, als der Nachtwächter die Tür von innen mit seinem Schlüssel aufschloß.

In der Kinderabteilung kaufte er drei Paar Jeans mit ausgestelltem Bein, Größe zehn, einen roten Wollmantel, Größe zehn, drei langärmelige Baumwoll-T-Shirts (eins, auf dem vorn «Marlins» stand, und zwei mit dem Aufdruck «Dolphins» auf dem Rücken), Größe zehn, und zwei Paar Cowboystiefel, eins schwarz, eins weiß, Größe sechs-D.

Unten im Erdgeschoß in der Gepäckabteilung kaufte Don einen roten Kunstlederkoffer mit weißen Kunstlederriemen und packte die gekauften Sachen hinein. In der Kosmetikabteilung, ebenfalls im Erdgeschoß und in der Nähe des Hinterausgangs, erstand er eine Kleiderbürste, eine Haarbürste, einen Schildpattkamm und eine Zahnbürste. Auch diese Dinge verstaute er in seinem roten Kunstlederkoffer. Er bezahlte alles mit einer *Jordan Marsh*-Kundenkreditkarte, die seiner Frau gehörte und die er am Abend zuvor aus ihrer Handtasche genommen hatte, während sie ihm in der Küche das Abendessen zubereitete.

Don strich die Punkte fünf, sechs und sieben auf seiner Karteikarte durch, verließ das Kaufhaus und zerriß die Kreditkarte in zwei Hälften, als er bei der Mülltonne vorbeikam. Er warf die beiden Hälften in die Tonne, schloß seinen *Mark IV* auf, legte den roten Koffer auf den Rücksitz neben seinen eigenen, fuhr nach Süden auf den Dixie Highway, bog an der 27th Avenue links ab und fuhr zur Lilliput School in Gables-by-the-Sea.

Ms. Dubina, der Leiterin der Lilliput School, gefiel die Sache nicht. Sie gefiel ihr ganz und gar nicht. «Ich habe es den Eltern gesagt, Mr. Luchessi, und ich habe es ihnen wieder und wieder gesagt, mündlich und schriftlich. Wir haben es nicht gern, wenn die Kinder während der Schulzeit aus der Schule geholt werden, weil sie einen Termin beim Arzt oder beim Zahnarzt haben. Nach der Schule ist immer noch reichlich Zeit für solche Termine. Marie war nur zwei Stunden in der Schule, und das wenige, was sie heute morgen gelernt hat, wird durch den aufregenden Besuch beim Kieferorthopäden wieder vollständig ausgelöscht werden.»

«Es tut mir leid», log Don, «aber der Kieferorthopäde hat gesagt, es würde mindestens zwei Stunden dauern, die Drähte zu verankern, und wir haben Marie gar nichts davon gesagt. Sie hat Angst vor dem Zahnarzt, wissen Sie...»

«Das ist völlig normal», sagte Ms. Dubina. «Die habe ich auch.»

«Jedenfalls», sagte Don, «wird ihr der Mund ziemlich weh tun, wenn er fertig ist; deshalb werde ich sie heute nachmittag nicht wieder herbringen.»

«Also gut. Aber beim nächstenmal möchte ich mindestens drei Tage vorher informiert werden, ob Sie Ihrer Tochter etwas davon sagen oder nicht. Sie haben Ihre Probleme mit Marie, und ich habe meine. Ihre Tochter, Mr. Luchessi, ist kein fügsames Kind.»

«Ich weiß. Meine Frau verwöhnt sie, glaube ich.»

«Irgend jemand tut es.» Ms. Dubina nickte grimmig. «Warten Sie hier. Ich hole sie...»

Marie war so aufgeregt, daß sie aus der Schule geholt wurde, um mit ihrem Daddy nach Disney World zu fahren, daß sie sich fast in die Hose machte. Die Lilliput School lag drei Straßen weit hinter ihnen, als Don bei *Lum's* anhalten mußte, damit Marie dort aufs Klo gehen konnte. Als sie herauskam, kaufte er ihr einen Lumburger und einen Krug Limonade, und bald darauf waren sie wieder unterwegs und fuhren auf der I-95 nach Norden.

Jetzt, da er tatsächlich irgendwohin unterwegs war, mit seiner Tochter an seiner Seite und Silber im Wert von zehntausend Dollar im Kofferraum, ließ Don sich von warmen Wogen des Hochgefühls überrollen. Seine Haut kribbelte, und sein Gesicht war heiß vor Vergnügen. Er hatte es selbst getan, ohne Hilfe von Eddie oder Hank oder sonst jemandem. Die schwarzen Depressionen, die ihn seit zwei Wochen jeden Morgen in ihren Klauen gehabt hatten, nachdem er von Eddies Versetzung nach Chicago erfahren hatte, waren restlos verschwunden. Bis er einen Entschluß gefaßt und den neuen Plan geschmiedet hatte, hatte Don Librium-Kapseln vertilgt, als wären es Erdnüsse.

Marie saß still neben ihm in ihrer Schuluniform (weiße Bluse mit rundem Kragen, rosa Kittel und weiße Lackschuhe) und schaute mit ernster Miene aus dem Fenster in die flache grüne Landschaft hinaus.

Das war sein einziger Fehler gewesen, dachte Don: daß er Marie gesagt hatte, er wolle mit ihr nach Disney World. Natürlich war Disney World weit weg von Tampa, wo sie nach ihm suchen würden, wenn sie suchten, und er konnte verdammt sicher sein, daß Clara eine Suche verlangen würde; aber dennoch würde es mindestens einen Tag Verzögerung geben, wenn er mit Marie einen Besuchstag in Disney World einlegte. Gab es einen Ausweg? Vermutlich nicht. Er wollte nicht, daß das Kind einen Verdacht schöpfte; also würde er in der Nähe von Orlando – aber nicht in Orlando – übernachten und morgen die verdammte Tour mit ihr machen. Maries Aufregung war vergangen, die zweifache Aufregung über einen versäumten Schultag und einen zweiten morgen, mit einem Ausflug nach Disney World als Zugabe, und seit mindestens fünf Minuten hatte sie kein Wort gesagt und auch nicht gezappelt.

«Daddy?»

«Hmmm?»

«Wieso kommt Mommy nicht mit?»

Don räusperte sich. Es war Zeit, daß er Marie die Wahrheit sagte. Wenn nicht jetzt, wann dann? Also warum nicht sofort, damit er es hinter sich hatte?

«Deine Mommy kommt nicht mit, weil wir beide, du und ich, sie für immer verlassen, wenn wir morgen Disney World besichtigt haben. Von jetzt an gibt es nur noch dich und mich, Sweetheart, und wir werden deine Mommy nie wiedersehen.»

«Wir werden Mommy nie wiedersehen?» Maries Stimme brach.

«Nein. Nie.»

Marie fing an zu weinen.

Scheiße, dachte Don, vielleicht hätte ich bis morgen warten sollen, ehe ich es ihr sage – bis sie sich amüsiert, weil sie vielleicht eine aufregende Marionettenaufführung sieht oder weil sie Micky Maus die Hand gibt oder irgend so was, denn dann hätte sie keine Zeit, an ihre Mutter zu denken. Trotzdem war er ein bißchen überrascht von ihren Tränen. Nicht einmal, sondern tausendmal hatte Marie ihm gesagt, sie wolle immer mit ihm zusammensein. Und jetzt, wo sie ihren Willen hatte, heulte sie wie ein verdammtes Baby.

ACHT

Um zehn Minuten nach Mitternacht wurde Don davon wach, daß es dreimal herrisch an der Tür klopfte. Er war benommen, weil er nur anderthalb Stunden geschlafen hatte, aber die Schreibtischlampe brannte noch, weil Marie ohne Nachtlicht nicht schlafen konnte, und so war er nicht desorientiert. Gleich nachdem er aufgewacht war, wußte er, daß er in einem Motelzimmer in Orla Vista war, daß es spät nachts war und daß es keine Entschuldigung und keinen triftigen Grund für irgend jemanden gab, an seine Tür zu hämmern – außer vielleicht für einen Betrunkenen, der Dons Zimmertür mit seiner eigenen verwechselte.

Noch im Unterzeug, mit halb geschlossenen Augen und ein wenig fröstelnd in der klimatisierten Kälte, hoffte Don, daß das Klopfen Marie nicht geweckt hatte. Er hatte große Mühe gehabt, Marie ins Bett zu bekommen. Sie hatte fast eine Stunde geweint, nachdem sie das Zimmer bezogen hatten – obwohl ihr Appetit beim Abendessen durch ihre Trauer nicht merklich beeinträchtigt gewesen war –, und dann hatte sie den Rest des Abends geschmollt und sich geweigert, mit ihm zu sprechen. Er schüttelte den Kopf, um ihn klar zu bekommen, und ging barfuß zur Tür; dabei warf er einen Blick auf Maries Bett und sah, daß sie nicht darin war. Sofort war er erleichtert. Es war klar, daß Marie aus irgendeinem Grund hinausgegangen war und sich dabei ausgesperrt hatte.

Aber das war nicht der Fall.

Der Mann in Uniform, der auf der schmalen Betonveranda unter der Lampe stand, war einen ganzen Kopf größer als Don, und er richtete den Lauf eines .38er *Police Special* auf Dons Bauch. Der Polizist lächelte schüchtern und entblößte dabei brutale, metallbesetzte Schneidezähne; er schob seinen Revolver in den Halfter und sagte entschuldigend: «Verzeihen Sie, Mr. Luchessi, aber wenn Sie mich hereinbitten würden, würde ich gern kurz mit Ihnen reden.»

Don nickte und wich zurück, als der große Mann in khakifarbenen Chinos und mit einem runden, achtzackigen Sternabzeichen über der linken Hemdtasche ins Zimmer trat. Bevor der die Tür schloß, sagte er noch etwas, das Don nicht ganz verstand, zu einem zweiten Mann in Uniform, der noch draußen stand, und dann schob er sich wachsam zwischen Don und Dons aufgeklapptem Koffer auf dem Gepäckständer ins Zimmer. Don versuchte nicht in Panik zu geraten, aber er war jetzt fast sicher, daß Marie etwas Schreckliches zugestoßen war, denn sonst wäre dieser Sheriff oder Deputy Sheriff jetzt nicht bei ihm im Zimmer, und Marie wäre da. Don setzte sich auf seine Bettkante und starrte auf Maries zerknülltes Bettzeug; um etwas zu tun zu haben, fing er an, sich Strümpfe und Schuhe anzuziehen. Der Sheriff nickte beifällig, als Don begann, sich anzukleiden, und wühlte dabei müßig mit der großen linken Hand in Dons Koffer herum.

«Das ist gut, Mr. Luchessi», sagte er. «Ich wollte Ihnen vorschlagen, sich anzuziehen.»

«Worum geht es denn?» fragte Don gepreßt.

«Ein paar Fragen, weiter nichts.» Der Sheriff leerte Dons Hosentaschen aus, bevor er ihm die Hose reichte. Er ging mit Dons Schlüsseletui zur Tür, öffnete sie und reichte das Etui dem Mann, der draußen stand. «Hier, Red», sagte er, «wirf mal einen Blick in seinen Wagen.»

«In meinem Wagen sind Wertsachen», sagte Don.

«Sicher. Aber es kann ja nichts schaden, mal einen Blick hineinzuwerfen, oder?»

Don stand auf, zog den Hosenreißverschluß hoch und ging zu seinem Koffer. Er zog sich ein sauberes weißes Polohemd über den Kopf und zündete sich dann eine Zigarette aus der Packung auf dem Nachttisch an. Er schaltete die Nachttischlampe an und setzte sich auf die Bettkante. Seine Knie zitterten.

«Hören Sie», sagte Don, «wenn meiner Tochter etwas zugestoßen ist, dann sagen Sie es mir lieber.» Seine Zunge war geschwollen, seine Kehle zugeschnürt.

Der Sheriff setzte sich an den Schreibtisch und sah Don an. Er nahm den breitkrempigen Hut ab und legte ihn auf die andere Seite der Schreibtischlampe; der Schatten der Krempe störte ihn beim Lesen der Karten in Dons Brieftasche.

«Ihrer Tochter geht es gut, Mr. Luchessi», sagte er. «Das ist doch Ihr richtiger Name, oder? Luchessi?»

«Ja, Sir. Wo ist sie?»

«Sie ist wohlauf. Mr. Rouse, der Hotelmanager, hat sie zu mir nach Hause gebracht, und meine Frau hat ihr eine heiße Schokolade gemacht. Wahrscheinlich ißt sie ein paar Haferkekse dazu. Ich möchte Ihnen nur ein paar Fragen stellen, weiter nichts.»

«Worüber?»

Der große Mann gluckste. «Zum einen über diese beiden großen Scheine. Sind die echt?»

«Ja, sie sind echt. Aber was ist mit Marie?»

«Sie sagt, ihr Name ist Marie Luchessi; also müssen Sie ihr Vater sein. Stimmt das?»

«Natürlich bin ich ihr Vater. Ist sie verletzt oder was?»

«Nein, nein, es geht ihr prima. Warum haben Sie einen Tausender und einen Fünfhunderter?»

«Wenn ich fünfzehnhundert Dollar in Ein-Dollar-Noten mit mir herumschleppen wollte, würde ich die Brieftasche nicht zukriegen», sagte Don.

«Richtig, richtig.» Der große Mann gluckste wieder und entblößte seine metallbesetzten Zähne. «Vermutlich ginge das nicht.» Er zählte Dons Travellerschecks. «Und vierhundertzwanzig Dollar in Travellerschecks. Richtig?»

«Ich glaube, ja», sagte Don.

«Wo wollen wir denn hin, Mr. Luchessi? Kleiner Urlaub? New York vielleicht?»

«Nein. Ich bin hier in diesem Staat der Vertreter für Gunnersbury Silversmiths. Sie können sich meine Visitenkarten ansehen. Ich besuche meinen Verkäufer in Tampa – eine ganz normale

Dienstreise. Unser Hauptbüro ist in Miami, und ich reise einmal im Monat, manchmal auch alle zwei Monate, nach Tampa und nach Jacksonville.»

«Dann sind Sie der Boss, was?»

«So hat es sich ergeben. Ich arbeite seit fast zehn Jahren für Gunnersbury. Erst war ich Verkäufer in Miami, und als der englische Repräsentant in Rente ging, hat man mir seinen Job gegeben. So bin ich jetzt beides: Gebietsleiter für Florida und Verkäufer für Miami. Zwei Jobs. Aber was –?»

«Das ist eine Menge Geld. Wie lange wollten Sie in Tampa bleiben?»

«Hören Sie, ich will morgen mit meiner Tochter nach Disney World. Dann fahren wir für einen oder zwei Tage nach Tampa, und dann geht es zurück nach Miami.»

«Mitten in der Woche? Was ist denn mit der Schule? Geht Marie nicht zur Schule?»

«Es ist nicht so schlimm, wenn sie mal zwei Tage fehlt. Sie ist sehr intelligent, und ich habe ihr schon vor langer Zeit einen Besuch in Disney World versprochen.»

Es klopfte. Der Sheriff war aufgestanden und hatte die Tür geöffnet, ehe Don auf den Beinen war. Don setzte sich wieder, als der Deputy hereinkam. Er war ein kleiner Mann mit lockigem roten Haar, und er schaute Don mit einem Gesichtsausdruck an, der eine seltsame Mischung aus Zorn und Abscheu war. Er hatte Dons halbautomatische .45er locker in ein großes rotes Taschentuch gewickelt.

«Sieh mal, was ich im Handschuhfach gefunden habe, Ed», sagte der rothaarige Deputy. «Die ist nicht bloß geladen, er hat sie nicht mal gesichert.»

«Wo sitzt Ihr kleines Mädchen im Auto, Mr. Luchessi?» fragte der Sheriff, und er lächelte nicht mehr.

«Sie sitzt vorn, aber ich habe ihr verboten, meine Pistole anzufassen. Schließlich habe ich Silber im Wert von rund zehntausend Dollar zu beschützen, und es ist nicht gegen das Gesetz, eine Waffe im Auto zu haben, um sich zu schützen.»

«Was ist mit dem Silber?» Der Sheriff wandte sich an den Deputy.

«Der Kofferraum ist voll davon», sagte der rothaarige Deputy. «Was ist mit der Pistole?»

«Sichere sie und leg sie wieder ins Handschuhfach. Dann schließ den Wagen ab und warte noch ein paar Minuten draußen.»

Der Deputy ging mit der Pistole hinaus, aber bevor er die Tür zumachte, blieb er auf der Schwelle stehen und starrte Don einen Moment lang finster an.

Der Sheriff lachte leise. «Red hat vier Kinder, wissen Sie, und er nimmt seinen Revolver nicht mal mit nach Hause. Schließt ihn in der Station ein, wenn er dienstfrei hat. Aber er hat recht, wissen Sie. Es ist keine gute Idee, eine geladene Waffe da aufzubewahren, wo Kids rankönnen. Die sind neugierig, wissen Sie, und – aber das ist Ihre Sache. Wenn ich wertvolles Silber in meinem Wagen transportieren müßte, hätte ich auch gern eine Waffe zu meinem Schutz dabei.»

«Ich wüßte jetzt gern, was los ist, Sheriff», sagte Don.

«Tja, Mr. Luchessi, wir haben hier ein kleines Problem. Ich denke, wir kriegen es hin, aber es handelt sich um folgendes. Vor ungefähr einer Stunde weckte Ihre Tochter den Manager, John Rouse, und sagte ihm, sie werde entführt.»

«Das ist doch lächerlich! Ich bin ihr Vater!»

«Ja, ich weiß. Sie hat sogar Ähnlichkeit mit Ihnen. Na, jedenfalls hat John sie zu mir nach Hause gefahren und sie dort abgesetzt. Er hätte sie auch zur Polizeiwache bringen können, aber er wußte, daß ich zu Hause war, und sie hätten mich sowieso angerufen; deshalb dachte er, es wäre so am einfachsten. Er sagte, er hätte sie herübergebracht, ohne Sie zu wecken, weil er kein Risiko eingehen wollte. Ich habe mit Ihrer Tochter gesprochen, und sie sagt, Sie sind wirklich ihr Vater, aber als sie mir erzählte, daß Sie eine Pistole haben, wollte ich auch nichts riskieren. Ich habe sie gefragt, wo Sie mit ihr hinwollten, und als sie sagte, Sie wollten morgen nach Disney World, habe ich ihrer Geschichte kein großes Gewicht beigemessen. Sie wäre das erste Kind, das sich darüber beklagte, daß es nach Disney World entführt wird!» Er lachte. «Na, jedenfalls, Mr. Luchessi, ich habe die Sache überprüft, bevor ich herkam, und richtig, es kam heute abend über Funk, daß Sie ihre Tochter entführt hätten oder im Verdacht ständen, sie entführt zu haben. Was haben Sie dazu zu sagen?»

Don schüttelte den Kopf. «Das verstehe ich nicht. Ich habe meiner Frau eine Nachricht hinterlassen», log er, «und ihr gesagt, daß ich Marie mitnehme. Ich kann mir nur vorstellen, daß Clara den Zettel nicht gefunden hat. Warum sollte ich mein eigenes Kind entführen, Herrgott noch mal?»

«Das weiß ich nicht, Mr. Luchessi, aber ihre Frau denkt vielleicht – wenn sie den Zettel nicht gefunden hat, meine ich –, daß Sie sie sitzenlassen wollten oder so was. Die Situation ist also jetzt folgende: Sie und Ihre Tochter sind als vermißt gemeldet, und Sie haben sie angeblich – na ja, ich nehme an, widerrechtlich mitgenommen. Das ist jedenfalls die Sachlage, mit der wir es zu tun haben, und wenn es auch kein großes Problem ist, so ist es doch ein Problem, und wir müssen uns etwas überlegen.»

«Ich könnte meine Frau anrufen», sagte Don, «aber wenn sie den Zettel nicht gefunden hat, dann ist sie inzwischen wahrscheinlich hysterisch, und es hätte kaum Sinn, zu versuchen, sie dazu zu überreden, daß sie Ihnen sagt, Sie sollen die Sache vergessen, und daß sie ihre Anschuldigung zurückzieht. Ich habe so eine Ahnung, sie könnte sauer sein und wollen, daß Marie sofort wieder nach Miami gebracht wird.»

«Ja, ich denke, da haben Sie recht. Sie will sie in der Tat zurückhaben.»

«Aber vorläufig muß ich geschäftlich nach Tampa, und ich habe keine Lust, morgen nach Miami zurück und dann noch mal nach Tampa hinaufzufahren. Ich mache Ihnen einen Vorschlag, Sheriff. Ich lasse Sie die Polizei in Miami oder den Sheriff dort anrufen – wer immer die Vermißtenmeldung herausgegeben hat –, und dann gebe ich Ihnen Geld für Ihre Ausgaben und für die Fahrtkosten. Sie können jemanden mit Marie nach Miami schicken, und ich fahre weiter nach Tampa und erledige meine geschäftlichen Angelegenheiten. Bis ich in zwei oder drei Tagen wieder nach Hause komme, dürfte meine Frau sich ein bißchen abgeregt haben, und dann kann ich mit ihr reden und die Sache in Ordnung bringen. Was sagen Sie dazu?»

«Es ist eine intelligente Lösung für Ihr Problem.» Der Sheriff schaute einen Augenblick zur Decke hoch und setzte dann den Hut auf. «Ja, vielleicht übernehme ich den Trip nach Miami sogar selbst. Ich wette, es ist sechs – nein, eher acht Monate her, daß ich da unten in dem Sündenbabel war.»

Der Sheriff stand auf und streckte sich, und Don trat zu ihm an den Schreibtisch; er nahm seinen silbernen Kugelschreiber und unterschrieb sieben Travellerschecks über zwanzig Dollar. Die ausgefüllten Schecks gab er dem Sheriff.

«Sind hundertvierzig genug? Ich weiß, daß es reicht, wenn Sie mit dem Wagen fahren, aber wenn Sie den Bus nehmen...»

«Ich fahre mit dem Auto, Mr. Luchessi. Ich nehme an, Sie möchten jetzt noch mit Ihrer Tochter sprechen, nicht wahr?»

«Einen Augenblick, ja. Jetzt bin ich hellwach; ich werde danach also einfach zahlen und weiter nach Tampa fahren. Lassen Sie uns Maries Sachen in die Tasche packen.»

Don bezahlte die Motelrechnung und folgte dem Wagen des Sheriffs, der mit Blaulicht zu seinem Haus fuhr. Er wartete am Straßenrand, während der Sheriff hineinging und Marie holte. Scheu und zögernd kam sie heraus; sie trug ihre neuen Jeans und eins von den «Dolphin»-T-Shirts. Der Sheriff und seine Frau blieben auf der Veranda stehen, und der rothaarige Deputy saß vorn im Polizeiwagen.

Das Blaulicht auf dem Dach des Wagens kreiste noch, und Maries blasses Gesicht sah für Don gespenstisch blau aus, als sie den Weg herunterkam. Don ließ sich auf ein Knie sinken und breitete die Arme aus. Marie fing an zu weinen und lief ihm in die Arme. Er umschloß sie, drückte sie fest an sich und küßte ihr die nasse Wange.

«Du bist zehn Jahre alt, Baby», flüsterte er, «und du bist alt genug, um zu verstehen. Und wenn du es verstehen kannst, dann wirst du dich an diese Nacht auch erinnern können. Verstehst du es, Marie?»

«Was denn, Daddy? Was soll ich verstehen?» Marie wischte sich mit dem Handrücken durch das tränenüberströmte Gesicht.

«Es war *deine* Entscheidung, nicht meine. Ich fahre jetzt weg, und du wirst deinen Daddy nie wiedersehen.»

Don erhob sich. Marie klammerte sich an seine Beine und weinte: «Nein, Daddy, nein!»

Don löste sanft ihre Arme von seinen Beinen und stieg in seinen *Mark IV*. Er winkte dem Sheriff und seiner Frau auf der Veranda zu, setzte hinter dem Polizeiwagen ein Stück zurück und fuhr dann los. Zwei Blocks weit, bis Don nach rechts abbog, um auf die Interstate zu kommen, blitzte das Blaulicht in seinem Rückspiegel.

Jedesmal, dachte Don, jedesmal, wenn Marie ein Blaulicht sieht, jedesmal für den Rest ihres Lebens wird sie an mich denken.

TEIL III

LARRY «FUZZ-O» DOLMAN

Ein Mann, der bereit ist, Verantwortung zu übernehmen, bekommt immer mehr davon aufgebürdet, weil es nicht so viele gibt, die bereit sind, Verantwortung zu übernehmen.

EINS

Es war ein stürmischer Märzabend, aber nachdem Hank und ich am Nachmittag am Telefon darüber gesprochen hatten, beschlossen wir, Dons Geburtstagsparty stattfinden zu lassen. Außerdem war es mehr als nur eine Geburtstagsparty für Don; es war auch ein Fest für mich. Nachdem Don einen Monat lang in Eddies Apartment herumgesessen und nichts getan hatte, außer den ganzen Tag fernzusehen und *Pagan Pink Ripple*-Wein zu trinken, war er schließlich aus seinen lethargischen Depressionen erwacht, und er war losgezogen und hatte einen Job als Verkäufer für die *Encyclopedia Americana* gefunden. Und wegen Merita hatte ich das Apartment über Hanks genommen, das eigentlich für Don gedacht gewesen war, und alle meine Möbel waren mir von Miami hergebracht worden.

Mir gefiel das Apartment, und Merita gefiel es ebenfalls. Eddie, der Don gern bei sich wohnen ließ – jedenfalls sagte er, daß es ihn nicht störte –, hatte Hank und mir erzählt, Don könnte noch nicht allein leben, und so hatte ich zwei Wochen vor Dons Geburtstag die freie Wohnung übernommen. Meine Möbel waren aufgestellt, und alles war so, wie ich es haben wollte, und so war die Party eine Kombination aus Einweihungs- und Geburtstagsfeier.

Ich wohnte über Hank, und Eddie und Don hatten das Apartment, das meinem gegenüber am Flur lag. Es gab eine Innentreppe, und Hanks Apartment lag direkt unter meinem. Hank gegenüber, in 3624 1/2, wohnte ein Feuerwehrmann mit seiner Frau, ein Polack mittleren Alters, der vorhatte, sich in ein paar Monaten ein Haus mit Garten zu kaufen. Wir hatten bereits mit dem Makler vereinbart, daß Don sein Apartment bekommen sollte, wenn der Feuerwehrmann auszöge, und dann hätten wir vier das Haus für uns.

Einstweilen lief alles bestens. Der Feuerwehrmann, Mr. Sinkiewicz, hatte alle drei Tage volle vierundzwanzig Stunden Dienst in der Feuerwache, und an seinen beiden freien Tagen arbeitete er an einer *Philips 66*-Tankstelle. Seine Frau Anna putzte einmal in der Woche bei Hank und bei Eddie, und ich hatte Merita, die mir die Wohnung makellos sauber hielt. Merita hatte mein Cembalo poliert, und es war jetzt schöner, als ich es in Erinnerung hatte. Sie hatte eine ganze Dose *New Gloss*-Wachs dafür verbraucht.

Als Don nach Schiller Park gekommen war, hatten Eddie und Hank sich unverhältnismäßig große Sorgen über ihn gemacht. Ohne sich mit mir zu beraten, hatten sie lange mit ihm gesprochen und versucht, ihn dazu zu überreden, nach Miami zurückzugehen. Ihre Argumente waren durchaus rational und basierten sozusagen auf praktischen Erwägungen, aber Dons emotionale Verwicklung hatten sie entweder nicht verstanden oder nicht berücksichtigt. Sie waren besorgt wegen des Silbers, das Don sich angeeignet hatte, und außerdem befürchteten sie, Clara könnte den *Mark IV Continental* als gestohlen melden. Rechtlich gesehen gehörte er ihr, nicht Don, und sie fürchteten, Don könnte ins Gefängnis kommen, weil er das Silber und seinen eigenen Wagen gestohlen hatte. Das war natürlich denkbar, aber es gab auch Möglichkeiten, darum herumzukommen. Wenn Don nach Miami zurückginge, hätte er auch die Zeit auf seiner Seite, denn Dons Bosse waren weit weg in England, und Don konnte Miami für zwei, drei, ja fünf Wochen verlassen, ohne daß seine Firma merkte, daß er immer noch nicht im Büro war. In der Regel schickte er ihnen zwei Berichte im Monat, aber selbst wenn sie ein paar Wochen lang keinen bekamen, konnte er immer behaupten, er habe ihn abgeschickt, und die Post habe ihn verloren. Also könnte Don mühelos zu Clara zurückkehren und seinen gutbezahlten Job behalten, ohne daß die Firma erfuhr, daß er vierzehn Tage Urlaub in Chicago gemacht hatte.

Don hörte ihnen geduldig zu, aber er sagte ihnen, er werde nicht zurückgehen, niemals. Sie hörten es wohl, aber sein Tonfall war so verzweifelt, daß sie ihm nicht glaubten. Er hatte Clara schon einmal verlassen und war zu ihr zurückgekehrt, und daher vermuteten sie, es würde wieder passieren.

Als Don sich hartnäckig weigerte, auf «vernünftige» Argumente zu hören, baten sie mich, mit ihm zu reden. Eddie und Hank hatten sich selbst zugehört, aber ich hörte Don zu. Don würde nicht zurückgehen, niemals, und er meinte genau das, was er sagte. Was sie in seiner Feststellung «Ich gehe nicht zu Clara zurück – niemals» für Verzweiflung hielten, war Resignation.

«Okay, Don», sagte ich. «Wenn du nicht zurückgehst, was willst du dann machen?»

«Das weiß ich noch nicht, Fuzz-O, aber ich werde ein bißchen Kohle haben, wenn ich das Silber verkauft habe, und so kann ich das später entscheiden. Im Moment will ich gar nicht darüber nachdenken; ich habe nicht mal Lust, loszuziehen und das Silber zu verhökern.»

«Was ist mit Unterhalt für das Kind? Wenn du Clara Geld schickst, wird man es zurückverfolgen können, weißt du.»

«Einen Scheißdreck schicke ich Clara.»

«Dann mußt du deinen Namen ändern und verschwinden. Entweder das, oder wir schaffen das Silber zurück nach Miami; dann kann man dir deshalb nichts anhaben, und du kannst deiner Firma einen Kündigungsbrief schicken.»

«Das kann ich nicht, Larry. Ich werde das Geld brauchen.»

«Also gut», sagte ich. «Ich werde das für dich regeln – die ganze Sache, und dann kannst du hier in Chicago mit einem neuen Namen von vorn anfangen.»

«Du kannst das alles für mich erledigen?»

«Na klar. Such dir einen Namen aus, und ich besorge ihn dir.»

«Der Name ist mir egal», sagte er. «Ein Kind kann sich seinen Namen auch nicht aussuchen, wenn es geboren wird; wenn du also die ganze Angelegenheit für mich übernehmen willst, dann ist mir der Name auch scheißegal.»

Ich nutzte die Ressourcen von *National Security*, um Don eine neue Identität zu verschaffen – «Donald Lane». Wenn er keinen größeren Ärger mit dem Gesetz bekäme, würde diese neue Identität der alltäglichen Praxis standhalten. Ich besorgte ihm eine Sozialversicherungskarte mit einer neuen Nummer, einen Führerschein, eine Geburtsurkunde und einen Auszug von der University of Chicago auf den Namen Donald Lane mit achtundvierzig Kursnachweisen. Wenn er in ein paar Clubs einträte und sich Visitenkarten drucken ließe, sagte ich, werde mit der Zeit kein Mensch an seiner Identität zweifeln, solange er nicht in Schwierigkeiten geriet. Was seine Beschäftigungszeugnisse anging, so würde er selbst eine Liste von früheren Anstellungen aufstellen müssen, Jobs, die man nicht besonders gut überprüfen konnte – Landwirtschaftsgehilfe, Barmann und dergleichen.

«Damit wäre ich für jede anständige Position mehr oder weniger disqualifiziert», meinte er.

«Nicht unbedingt. Das ist eben der neue Aussteiger-Lebensstil heutzutage, und wenn du willst, kannst du jederzeit zur University of Chicago zurückgehen und ein Diplom erwerben – achtundvierzig Scheine hast du ja schon.»

«Ist der Studienbuchauszug denn echt?»

«Natürlich!»

«Was ist aus dem echten Donald Lane geworden?»

«Er hat das College vor fünf Jahren abgebrochen. Was aus ihm geworden ist, weiß ich nicht. Du wirst auch bemerken, daß der Don Lane auf der Geburtsurkunde zwei Jahre jünger ist als auf dem Studienbuchauszug, aber mit diesen Diskrepanzen wirst du zurechtkommen müssen; du mußt dir selbst eine falsche Biographie ausdenken und sie dir einprägen. Alles kann ich nicht für dich tun.»

«Das weiß ich, Larry. Ich dachte nicht mal, daß du so viel tun könntest.»

Mit dem Auto und dem Silber war ich nicht so erfolgreich, aber ich wollte nicht, daß Don in der Stadt herumlief und versuchte, die Sets Stück für Stück zu verkaufen, und dabei Gefahr lief, mit heißem Silber erwischt zu werden. Also warf ich noch einmal einen Blick in unsere Akten bei *National Security* und verkaufte den

Mark IV und das ganze Silber an einen Hehler in Peoria, Illinois. Ich bekam insgesamt 7400 Dollar dafür. Wenn Don über die Summe enttäuscht war, so sagte er es nicht. Er nahm das Geld und eröffnete ein Konto auf den Namen Don Lane bei der *Bank and Trust Company* in Schiller Park, und er besorgte sich einen Kundenkredit im *Sunset Drugstore* und in *Karl's Liquor Store* in dem Einkaufscenter, das vier Straßen weit von unserem Haus entfernt war.

Hank Norton bekam natürlich, wie zu erwarten gewesen war, zwei Ferngespräche, einen von Nita Peralta und einen von Clara Luchessi. Beide Frauen waren am Telefon emotional aufgeladen, erzählte Hank uns, aber er konnte sie überzeugen, daß er Don seit mehreren Wochen nicht gesehen und auch nichts von ihm gehört hatte. Und er versprach ihnen, gleich mit ihnen zu telefonieren, wenn er einen Brief oder einen Anruf von Don bekäme.

Es kamen keine Anrufe mehr aus Miami.

Alles in allem klingt das Ganze einfach genug, aber das war es nicht. Eine neue Identität für Don zu beschaffen war kompliziert und zeitaufwendig, und in dieser Zeit hatte ich selbst auch ein paar Probleme. Ich hatte mir zwei Knöchel der linken Hand gesplittert, und die Hand und ein Teil des Handgelenks waren noch in Gips. Die Knöchel taten ständig weh. Der Betriebsarzt sagte mir, sie könnten noch mehr als ein Jahr weh tun («ein bißchen Beschwerden bereiten»), und sie würden leicht wieder brechen, wenn ich mit der Faust gegen etwas Hartes schlüge. Um den Schmerz möglichst gering zu halten, trug ich den linken Unterarm in einer schwarzen Seidenschlinge und bemühte mich ohne viel Erfolg, die Finger nicht zu bewegen. Jedesmal, wenn ich die Finger bewegte, wurde der knirschende Schmerz in den Knöcheln ein bißchen schärfer. Aber zumindest war ich noch am Leben.

Frank Devlin, einer der Wachdienstsupervisoren, hatte mich im *Stevens Hotel* angerufen und mir gesagt, einer seiner Wachmänner sei betrunken und fuchtele mit seiner Pistole herum. Der Wachmann war auf einem Vierundzwanzig-Stunden-Parkplatz an der North Side stationiert. Auf dem großen Platz hatte es eine

Menge Autoeinbrüche gegeben, und der Kassierer in dem beleuchteten Ein-Mann-Kassenhäuschen an der Auffahrt war in einer Woche zweimal überfallen worden, bevor der knauserige Eigentümer bei *National Security* angerufen und einen Nachtwächter engagiert hatte.

Unsere Wachleute tragen pulverblaue Uniformen mit schwarzen Sam-Browne-Gürteln und .25er Pistolen. Meistens genügt es als Sicherheitsmaßnahme, einen dieser Männer in Uniform herumlaufen zu lassen, um Automarder und bewaffnete Räuber abzuschrecken.

Sie sind allesamt lausige Schützen, denn sie bekommen nur eine viertägige Sicherheitsausbildung, bevor sie mit solchen Jobs beauftragt werden. 1973 entschieden wir, sie mit Pistolen vom Kaliber .25 zu bewaffnen, nicht mehr mit den .38ern, die sie bis dahin getragen hatten; so würden sie wahrscheinlich niemanden umbringen. Ich selbst hätte sie noch lieber mit .22ern bewaffnet, aber ein Warnschuß aus einer .22er klingt wie eine Platzpatrone, und so einigten wir uns in einem widerwilligen Kompromiß auf das Kaliber .25. Mindestens die Hälfte der Männer, die ich als uniformiertes Wachpersonal einstelle, stelle ich wider besseres Wissenein, aber ich bin wie der Holländerjunge, der den Deich verstopft, bloß, daß ich nicht einen, sondern alle zehn Finger dazu brauche, und ich muß engagieren, was ich kriegen kann. Und die Männer, die man für zwei Dollar zwanzig die Stunde für Zwölfstundenschichten bekommt, sind – in vielen Fällen, wenn auch gottlob nicht in allen – Leute von der Sorte, die mehr Geld mit Betteln, Milchflaschenklauen und Packen im Supermarkt verdienen können und auch verdienen, als sie bei *National Security* bekommen. Die Schlimmsten sortiere ich aus, aber um die sich lichtenden Reihen jede Woche wieder zu füllen, muß ich eine ganze Reihe von Grenzfällen einstellen. Zum Glück verliere ich die schlimmsten Grenzfälle im Laufe des viertägigen Trainings.

Jeden Montagmorgen fangen wir einen neuen Vier-Tage-Kurs an. Die Rekruten bekommen Manieren beigebracht, ein paar fundamentale Kenntnisse in den Stadt- und Staatsgesetzen, was man tut und was man läßt – und sie bekommen eine Waffenausbildung. Wir zeigen ihnen, wie man mit einem Schrotgewehr umgeht; allerdings dürfen sie damit nicht schießen. Aber mit den .25er-Pistolen lassen wir sie auf dem Schießstand im Keller des *National Security*-Gebäudes schießen, erst mit Platzpatronen, dann mit scharfen. Am Morgen des fünften Tages, am Freitag, bekommen sie Uniformen und Pistolen. Tom Brady, der Chicagoer Direktor der *National Security*, hält dazu eine aufmunternde Rede.

Jeden Montag fangen wir mit fünfundzwanzig bis dreißig neuen Männern an, und wenn wir freitags die Uniformen ausgeben, können wir von Glück sagen, wenn wir noch fünfzehn haben. Im Laufe der Woche schmelzen sie einfach weg. *National Security* hat gelernt, daß man Geld spart, wenn man die Uniformen erst am fünften Tag ausgibt, nicht schon am ersten, wie es früher üblich war. (Die Männer, die nicht wiederauftauchten, nahmen ihre Uniformen natürlich mit.) Auch bekommen die neuen Leute ihr Geld für die ersten vier Tage am Donnerstagabend – auch wenn ihre Arbeit nur aus der Ausbildung bestand, und aus einer sehr leichten Ausbildung noch dazu –, und dieser erste kleine Gehaltsscheck bedeutet schon, daß mindestens vier oder fünf am nächsten Morgen zum Dienstbeginn nicht mehr auftauchen.

Die Überlebenden jedenfalls, nun in Uniform, kommen wieder zu mir, und ich verteile sie auf ihre Jobs. Zwei Monate später, nachdem sie draußen bei jedem Wetter Dienst getan haben, sind von den fünfundzwanzig, die die viertägige Ausbildung angefangen haben, nur noch ein oder zwei Leute übrig. Es macht mir ordentlich Kopfschmerzen, mich ständig zu bemühen, Leute zu rekrutieren und zu halten, aber ich kann es den Männern, die aufhören, nicht verdenken. Für gute, intelligente Leute ist die Arbeit nach ungefähr einer Woche langweilig, und es ist kalt draußen auf den freien Plätzen und einsam in den Lagerhäusern. Aber die Arbeit, die sie tun, ist leicht genug. Es kommt vor allem darauf an, daß sie sichtbar sind, und ihr größtes Problem ist es, wach zu bleiben und herumzulaufen. Aber wenn es einem bei diesem Job in der

Nacht zu langweilig oder zu kalt wird, dann haut er einfach ab und geht nach Hause. Wenn das passiert, muß der für diesen Mann zuständige Aufseher merken, daß der Mann weg ist, bevor die Firma es merkt, die uns beauftragt hat, und er muß den Wachmann durch einen anderen ersetzen oder den Posten bis zum Ende der Schicht selbst übernehmen.

Gute Aufseher sind der Schlüssel zum reibungslosen Ablauf in diesem Geschäft, und die Aufseher, die ich engagiere, sind niemals Grenzfälle. Ich überprüfe diese Leute sorgfältig, und zum Glück gibt es immer noch viele amerikanische Männer, die für weniger Geld arbeiten, wenn man ihnen eine Uniform und den Rang eines «Lieutenant» gibt. Viele meiner Aufseher sind Ex-Soldaten, die Mühe gehabt haben dürften, es in der Army zum Sergeant zu bringen, aber ich habe doch eine Menge pensionierte Unteroffiziere mit einer guten Rente, die bereit sind, als Aufseher zu arbeiten, weil sie dann eine pulverblaue Uniform mit roten Beinstreifen und goldenem Lieutenantsabzeichen auf den Schultern anziehen dürfen.

Frank Devlin war ein guter Mann, ein ehemaliger First Sergeant der Infanterie; als er anrief, sagte ich ihm daher: «Sie brauchen mich nicht, Frank. Schmeißen Sie den Scheißkerl raus und ersetzen Sie ihn.»

«In diesem Fall geht das nicht», sagte Frank. «Ich bin in Uniform, und ich habe ihn diese Woche schon zweimal zur Schnecke gemacht. Er ist betrunken, und er hat eine geladene Pistole. Wenn er mich in meiner Uniform sieht, ist er imstande loszuballern.»

«Okay», sagte ich, «ich komme. Von wo rufen Sie an?»

Frank hatte aus einem zwei Straßen weit vom Parkplatz entfernten Lokal angerufen, das die ganze Nacht geöffnet war. Ich zog meinen langen Ledermantel an, fuhr mit dem Aufzug hinunter und nahm mir ein Taxi. Dann betrat ich das Café und diskutierte mit Frank über unsere Strategie.

«Neulich abends habe ich ihn beim Trinken erwischt», sagte er und zuckte die Achseln. «Da hätte ich ihn gleich feuern sollen. Aber es war kalt, und er hatte nur ein Viertel bei sich, und da habe ich es hingehen lassen.»

«Haben Sie ihm das Viertel weggenommen?»

«Ja, das schon. Und heute habe ich gehört, daß er deshalb bei den anderen Männern gemeckert hat. Meiner Ansicht nach, Mr. Dolman, sollte da keiner von uns dieses Risiko eingehen. Wir sollten zwei Cops kommen lassen, die ihn hochnehmen.»

«Wenn wir das tun, dürfen wir beide morgen früh mit Tom Brady in den Ring steigen. Jedesmal, wenn einer von unseren Männern in Uniform von den Bullen hochgenommen wird, ist das ein Minuspunkt für die Firma. Vergessen Sie nicht, daß unsere Wachmänner einen großen Teil der Sicherheitsjobs wegnehmen, die sonst die Polizisten in ihrer dienstfreien Zeit kriegen konnten. Wir werden schon damit fertig. Sie können Ihre Uniformmütze abnehmen und meinen Ledermantel anziehen. Dann weiß er nicht, daß Sie in Uniform sind. Ich gehe auf den Platz, und Sie kommen von hinten her. Während ich herumlaufe und so tue, als suchte ich mein Auto, schleichen Sie von hinten an ihn heran. Ich packe ihn von vorn, und Sie knallen ihm von hinten den Knüppel übers Ohr. Haben Sie ihn dabei?»

Frank nickte.

«Okay. Wo ist der Kassierer?»

Frank grinste. «Er war hier im Lokal – hat mich von hier aus angerufen. Aber nachdem ich mit ihm gesprochen und ihm gesagt hatte, ich würde Sie anrufen, ist er nach Hause gegangen.»

«Das ist gut. Dann gehen wir.»

Der Plan war einfach, und er hätte aufgehen müssen, aber der Wachmann hatte seine Pistole nicht im Halfter, sondern verdeckt in der rechten Hand. Sein Arm hing herab, und ich sah sie nicht. Als ich mich auf ihn stürzen wollte, wich er unbeholfen zurück und hob den Arm mit der Pistole. Mitten im Sprung holte ich mit der Linken zu einer Rückhand aus. Ich schlug so hart mit den Fingerknöcheln gegen die Pistole, daß sie brachen, und die Waffe flog ihm aus der Hand. Ich hörte, wie sie über den nassen Asphalt des Parkplatzes rutschte, aber ich sah sie nicht, weil alles rot, dann blau, dann schwarz wurde, in flachen, wellenden Farbbahnen wie auf einem Gemälde von Mark Rothko. Ich muß kurz bewußtlos oder ohnmächtig gewesen sein, aber nur für eine Sekunde oder einen Sekundenbruchteil, denn als ich die Augen wieder öffnete, war ich auf den Knien. Der betrunkene Wachmann lag k.o. auf dem Boden; Devlin hatte ihn von hinten niedergeschlagen. Wegen meiner verletzten Hand war ich Frank keine große Hilfe, aber wir verfrachteten den Wachmann doch in Franks Wagen und fuhren zum Gebäude der *National Security*. Ich befahl Frank, dem Mann die Uniform auszuziehen – er war inzwischen wach und wurde zusehends nüchtern –, ihn in seine Zivilkleidung zu stecken und ihn irgendwo drüben an der State Street abzusetzen. Ich hielt mir immer noch die zerschmetterte Hand, als ich in mein Zimmer im *Stevens* zurückkehrte, das nur einen Block weit vom Gebäude der National Security entfernt war.

Ich ließ meine Hand in heißem Wasser weichen, nahm zwei Aspirin und trank ein halbes Wasserglas Whisky. Es nützte nichts. Die Schwellung wurde immer stärker, und der Schmerz ebenfalls. Um zwei Uhr morgens rief ich den Hotelarzt. Er verband mir die Hand und gab mir eine Spritze. Ich trank noch ein paar Bourbon, und um vier Uhr früh schlief ich ein.

Am nächsten Tag nach dem Röntgen, bei dem sich herausstellte, daß die ersten beiden Knöchel gesplittert waren, und nachdem ich einen Gipsverband bekommen hatte, fragte Dr. Haas, unser Betriebsarzt, wie lange ich täglich arbeitete.

«Zwölf, vierzehn Stunden. Wieso?»

Dr. Haas deutete auf den Gipsverband. «Das hier», sagte er, «hätte nicht passieren dürfen. Als Personalleiter haben Sie einen verantwortungsvollen Job. Gestern abend mit Lieutenant Devlin hinauszugehen war, als ob ein General den Schützen spielt. Wenn Sie Spielchen spielen und alles selbst übernehmen, tun Sie sich und der *National Security* keinen Gefallen. Ihr Platz ist nicht –»

«Hören Sie, Dr. Haas, sagen Sie mir nicht, wie ich meinen Job zu machen habe. Irgend jemand mußte Devlin helfen, und er mußte mich anrufen, weil sonst niemand da war.»

«Wenn das so ist» – Dr. Haas grinste –, «dann machen Sie Frank Devlin zum Nacht-Supervisor, und dann können Ihre anderen

Sicherheits-Supervisore *ihn* anrufen, wenn sie in ähnliche Schwierigkeiten geraten, und dann muß er das regeln. Sie können nachts im Bett bleiben und für den nächsten Arbeitstag ausschlafen. Niemand kann zwölf oder vierzehn Stunden am Tag arbeiten, ohne Fehler zu machen, weil er übermüdet ist. Und letzte Nacht haben Sie einen höllischen Fehler gemacht. Sie hätten erschossen werden können. Und wenn Sie erschossen worden *wären*, dann hätte Devlin den betrunkenen Wachmann aller Wahrscheinlichkeit nach mit einem Schlagstock erschlagen. Und *das*, Mr. Dolman, hätte sehr viel schlechtere Publicity für die Firma gebracht, als zwei Cops anzufordern, um im Streifenwagen den Wachmann abzuholen.»

Dr. Haas hatte recht. Er verordnete mir zwei freie Tage, und so lag ich im *Stevens* auf meinem Bett und dachte über mein Leben und meinen Job nach und darüber, wie die Dinge so liefen.

Ein Mann, der bereit ist, Verantwortung zu übernehmen, bekommt immer mehr davon aufgebürdet, weil es nicht so viele gibt, die bereit sind, Verantwortung zu übernehmen.

Die Firma hatte zwei Zimmer im *Stevens* fest gemietet. Diese Zimmer waren reserviert für Gäste, für Direktoren von außerhalb, die für ein paar Tage zur Hauptverwaltung nach Chicago kamen, und für geheime Meetings mit Klienten, die aus irgendwelchen Gründen nicht zur Besprechung ins *National Security*-Gebäude kommen sollten. Von dieser Sorte gab es mehr, als man annehmen sollte – Ehemänner oder -frauen, die ihren Partner beobachten lassen wollten, zum Beispiel. Aber wir konnten uns in diesen Zimmern auch ungestört mit unseren Agenten treffen, die Industriespionage trieben, und hier mit ihnen ihre Berichte besprechen.

Als ich nach Chicago kam, stellte Tom Brady mir eines dieser Hotelzimmer zur Verfügung, «bis ich mich niedergelassen hätte». Das Zimmer lag günstig; unser Gebäude war im nächsten Häuserblock, und da die Rezeption als Nachrichtenzentrale und Anrufbeantworter fungierte, stand ich ständig in Kontakt mit dem Büro. Das Zimmer war wanzenfrei und wurde regelmäßig durchgecheckt, und es war immer makellos sauber und das Bett frisch bezogen, wenn ich zurückkam; meine Wäsche wurde abgeholt und am selben Tag zurückgebracht. Infolgedessen verbrachte ich mehr Zeit im Büro, weil ich mich um sehr wenige persönliche Dinge zu kümmern brauchte, und die wenigen, über die ich mir den Kopf zerbrechen mußte, wurden von meiner Sekretärin erledigt. Und weil ich ständig im Büro war, ergab es sich, daß ich eine ganze Menge Dinge selbst tat, eine ganze Menge Entscheidungen traf und für zu viele zusätzliche Dinge Verantwortung übernahm, die ich hätte delegieren können und sollen. Meine Fulltime-Präsenz in der Firma erleichterte Tom Bradys Job, und so erinnerte er mich nie daran, daß ich mietfrei in einem Hotelzimmer wohnte, denn es war ja zu seinem Vorteil, daß ich im *Stevens* wohnte und die ganze Zeit erreichbar war.

Ich beschloß, mich auf langsamer zu schalten und ein normaleres Leben zu führen.

Merita Orfutt, auch zu diesem Schluß kam ich, würde an meinem neuen normaleren Leben teilhaben, und es würde hilfreich sein, sie im Übergangsstadium bei mir zu haben. Merita Orfutt war eine siebzehnjährige Schwarze aus Dothan, Alabama. Sie war wegen Ladendiebstahls verhaftet und auf Bewährung freigelassen worden. Sie wohnte bei einer Cousine, die ebenfalls aus Dothan nach Chicago gekommen war und von der Sozialhilfe lebte. Die Cousine hatte bereits zwei uneheliche Kinder und war schwanger mit dem dritten.

Der Bewährungshelfer fing an, Merita zu vögeln, und besorgte ihr ein Hausmädchenzimmer in der Cernak Street, das er bezahlte. Es war ein gemischter Häuserblock, und er konnte kommen und gehen, ohne bei den Leuten in der Nachbarschaft allzuviel Neugier zu wecken, aber er bekam doch Angst – das sagte er jedenfalls. Er fürchtete, seine Frau könnte von Merita Wind kriegen, und außerdem verdiente er als Bewährungshelfer eigentlich gar nicht so viel, daß er das Mädchen versorgen konnte, und wäre es auch nur mit dem Nötigsten. Und Merita war außerstande, genug Arbeit zu finden, um sich selbst zu ernähren. Sie fand ein paar Gelegenheitsjobs, aber sie verdiente nicht genug, um davon zu leben.

Also übernahm ich Merita, bezahlte das Zimmer in der Cernak Street und gab dem Mädchen dreißig Dollar Taschengeld pro Woche. Merita war eine sehr schwarze Schwarze, von der Farbe, die andere Schwarze «blue» nennen. Sie war sexuell unerfahren und ziemlich kläglich im Bett. Aber sie war still und liebenswürdig, redete nur, wenn sie gefragt wurde, und sie konnte wunderbar bügeln.

Tatsächlich hatten Merita und ich so wenig gemeinsam, das wir wenig miteinander zu reden hatten. Sie bügelte wirklich wunderbar, und es machte ihr Spaß, das Apartment in Ordnung zu halten. Sie war auf unbeholfene Weise tüchtig, und zugleich war es komisch, ihr zuzusehen. Wenn man ihr zwei Dinge gleichzeitig zu tun gab – beispielsweise, ein frisches weißes Hemd zu bügeln und den Abfall hinunterzubringen –, dann sprang sie ein paar Augenblicke umher wie eine Frau, der plötzlich zwei hüpfende Tennisbälle zugeworfen wurden. Für ein schlankes Mädchen hatte Merita ziemlich große Brüste und den typischen, hoch angesetzten runden Arsch eines schwarzen Mädchens, aber eigentlich machte sie mich sexuell nicht an – zumindest nicht sehr oft. Wenn sie es getan hätte, dann hätte ich mir die Zeit genommen, ihr ein paar Dinge beizubringen, aber diese Mühe machte ich mir nie, und ich ging nur ein- oder zweimal pro Woche mit ihr ins Bett. Als ich noch ihr Zimmer in der Cernak Street bezahlte, besuchte ich sie etwa zweimal pro Woche, und damals glaubte ich, ich würde sie nicht öfter sehen, weil ich zuviel zu tun hätte. Aber als sie dann bei mir im Apartment wohnte, wo sie mir jede Nacht zur Verfügung stand, nahm ich sie mir auch nur ein oder zweimal pro Woche vor, denn das war genug.

Sie schlief natürlich nicht in meinem Bett, sondern auf der Klappcouch im Wohnzimmer. Wenn sie mich morgens weckte, mir eine Tasse Kaffee brachte und mir sagte, mein Frühstück stehe «auf dem Feuer», dann war ihr Bett im Wohnzimmer bereits abgeräumt, und die weißen Lederkissen lagen wieder auf der Couch.

Jedenfalls war unser Arrangement höchstens vorübergehend. Weil ich wußte, daß das Ende irgendwie unausweichlich war, nahm ich sie mit ins Zentrum von Schiller Park und schrieb sie dort in einer Friseur- und Kosmetikschule ein. In sechs oder neun Monaten, oder wie lange sie brauchen würde, um die haarigen Lektionen zu lernen, die sie ihr dort beibrachten, würde sie Friseuse und Kosmetikerin werden. Wenn sie ihr Diplom hatte, würde ich sie auf einen *Trailway*-Bus nach Dothan, Alabama, setzen. Mit einem Beruf, dachte ich mir, würde sie in der Lage sein, sich dort einen anständigen Lebensunterhalt zu verdienen. Unser Arrangement war meiner Meinung nach durchaus fair, und wenn Merita irgendwelche Einwände hatte, äußerte sie sie nicht. Sie verbrachte nur drei Stunden am Tag in der Schönheitsschule, und dazu kam eine zwanzigminütige Busfahrt hin und zurück, und so hatte sie immer noch reichlich Zeit, um einzukaufen, das Apartment makellos sauber zu halten, sich das Tagesprogramm im Fernsehen anzuschauen und den Einzigen und Unvergleichlichen B.B. King auf der Stereoanlage zu spielen.

Von Wochenendbeziehungen abgesehen, hatte ich noch nie mit einer Frau zusammengelebt, und es war nicht annähernd so deprimierend, wie ich es mir vorgestellt hatte. Aber rückblickend denke ich doch, daß es ein Fehler war, Merita nicht mit ein wenig fortgeschrittener Sexualerziehung zu indoktrinieren.

Eines Nachmittags, etwa eine Woche vor der Party und nachdem ich Don mit den neuen Ausweisdokumenten ausgestattet hatte, rief ich Hank an und sagte ihm, er solle Eddie abholen und sich abends um halb sieben mit mir im *The Shill* treffen – ohne Don. Ich wollte den beiden den Brief zeigen, den ich an Clara Luchessi geschrieben hatte.

Hank besuchte seine Außendienstmitarbeiter jetzt nur noch jede zweite Woche und nicht mehr allwöchentlich, und in der Woche, die er zu Hause verbrachte, fälschte er seine Berichte. Er mußte eine Menge Zeit am Schreibtisch zubringen, um seine Berichte zu erfinden, aber nachdem er jetzt seine Außendienstleute auf Vordermann gebracht hatte, konnte er die Zügel lockerlassen, ohne daß die Umsätze zurückgingen, und er hatte es satt, jede Woche vier Tage in Hotelzimmern zu verbringen. Eddie war in der einen Woche drei, in der anderen vier Tage zu Hause, und bei seinen Aufenthalten in Seattle wohnte er in einem Hotel am Wasser und versuchte soviel wie möglich über das Lachsfischen zu lernen. Als die sommerliche Angelsaison herankam, hatten wir vier versuchsweise geplant, eine Woche zusammen auf dem Columbia Lachse zu angeln und draußen zu campieren. Meine Hand tat ständig so weh, daß ich dachte, es würde nie wieder aufhören, so daß ich einen Camping- und Angelausflug genießen könnte, aber diese Vorbehalte behielt ich für mich.

Als wir uns an diesem Abend im *Shill* getroffen und Bier vom Faß bestellt hatten, zog ich den Brief auf *National Security*-Briefpapier hervor, den ich an Clara Luchessi geschrieben hatte. Ich hatte eine Fotokopie davon gemacht, um sie an Nita Peralta zu schicken.

«Ich habe diesen Brief – eigentlich einen Bericht – geschrieben», sagte ich zu Eddie und Hank, «weil ich verhindern will, daß Clara einen Privatdetektiv engagiert, der hier heraufkommt und nach Don sucht. Die einzige Spur, die sie zu Don führen kann, geht über Hank und uns; wenn ich ihr also diesen offiziellen Bericht schicke und ihr sage, daß ich Flughafen, Bus- und Bahnstationen beobachten und daß ich überdies die Hotels durch einen Agenten überprüfen lasse, dann wird sie denken, daß wir wegen Dons Verschwinden genauso besorgt sind wie sie. Ich kann ihr weiterhin ab und zu ein paar gefälschte, negative Berichte schicken. Die Tarnung, die ich für Don beschafft habe, dient hauptsächlich zu seiner psychologischen Sicherheit. Wenn ein ziviler Ermittler anfangen wollte, nach ihm zu suchen, würde die Tarnung keine zehn Minuten standhalten, aber sie gibt Don das Vertrauen, das er braucht, um sich zusammenzunehmen. Ihr wißt ja, Don ist ein gräßlicher Spießer und völlig geradeaus. Diese Weglauferei paßt nicht zu seiner Weltanschauung, und es ist viel besser, wenn wir ihn hier bei uns behalten, statt ihn ganz allein und verstört unten in Miami herumlaufen zu lassen.»

Hank las den Brief, grinste beifällig und reichte ihn Eddie. «Wieso glaubst du, daß Clara einen solchen negativen Bericht akzeptiert? Soviel sie weiß, bist du ebenso Dons Freund wie ich.»

«Zum einen wegen der Sprache», sagte ich. «Sie klingt offiziell. Alles ist in offizielle Formulierungen gebracht. Und zum andern – wenn sie versucht, eine Detektei mit der Suche nach Don zu beauftragen, und erfährt, daß es sie zwischen hundertfünfzig und zweihundert Dollar pro Tag kostet, dann wird sie sich mit meinem Gratisbericht zufriedengeben.»

«Gefällt mir, Fuzz-O», sagte Eddie. «Aber was ist mit Dons Firma? Denen werden ein paar tausend Dollar fehlen, und deshalb –»

«Ich habe neulich Nita Peralta angerufen, und ich habe eine Fotokopie des Briefes an Clara, die ich ihr schicken werde.» Ich zeigte ihnen die Kopie.

«Ich wußte gar nicht, daß du Nita Peralta kennst», sagte Eddie.

«Ich kenne sie ziemlich gut», sagte ich. «Tatsächlich bin ich in Miami sogar ein paarmal mit ihr ausgegangen und habe sie gebumst; also kenne ich sie verdammt gut.»

«Ich dachte, sie wäre eine Jungfrau.» Eddie sah mich verblüfft an.

«Nicht, als ich mit ihr unterwegs war. Ich habe nie etwas davon gesagt, weil sie nicht wollte, daß Don es wußte. Sie ist verknallt in ihn, wißt ihr – und so hatte sie schreckliche Angst, daß Don die Sache mit uns erfahren könnte. Also ließen wir es einfach bleiben, nachdem wir uns zweimal getroffen hatten. Und weil ich nie etwas davon Don erzählt habe, vertraut sie mir. Als ich sie jetzt anrief, habe ich ihr gesagt, ich schicke ihr eine Kopie des Berichts, den ich an Clara sende, und wenn die Firma Don jemals im Raum Chicago suchen sollte, dann sollte sie die Detektive veranlassen, zunächst mit mir Kontakt aufzunehmen. Denn, wie ich ihr sagte, wir machen uns alle ebenso große Sorgen um Don und seinen Aufenthalt wie sie. Ich denke, das wird reichen, und wir können Don bei uns im Haus behalten, solange er dort bleiben möchte. Das ist alles eine ziemlich krumme Sache, aber um die Schnitzeljagd kann ich mich ohne große Mühe kümmern, solange ein Detektiv sich zuerst an mich bei der *National Security* wendet.»

«Schick die Briefe ab», sagte Hank. «Du bis brillant, Larry.»

«Das habe ich vor», sagte ich, «aber ich wollte, daß ihr wißt, was ich tue. Wir waren uns darüber einig, daß wir den bewußten Abend nie wieder erwähnen, aber ihr sollt doch wissen, daß mir sehr viel wohler ist, wenn wir Don hier bei uns haben, statt ihn in Miami frei herumlaufen zu lassen.»

«Don würde nie etwas über diesen Abend sagen», wandte Eddie ein.

«Nein, nicht, solange man ihn nicht unter Druck setzt», sagte ich. «Aber Clara hat ihn heftig unter Druck gesetzt, und wenn einer zuviel Druck aushalten muß, dann kann ihm der Schädel wegfliegen.»

«Bei uns steht er nicht unter Druck», meinte Hank.

«Das stimmt», sagte Eddie. «Heute nachmittag hat er davon geredet, daß er sich einen Job suchen will.»

Wir tranken noch ein paar Bier, und dann gingen wir zum Essen in ein Steakhaus. Wir gingen zu Martinis über, dann zu Scotch, und als wir in ziemlich aufgeräumter Laune waren, machte einer – ich glaube, es war Eddie – den Vorschlag, wir könnten Dons ersten Geburtstag feiern, und wir fingen an zu planen.

ZWEI

Don Lane, dessen sonst olivfarbenes Gesicht von mattem Rosa war, lächelte, als er die Zwiebel in seinem Gibson mit dem rechten Zeigefingernagel aufspießte. Heute, am 15. März, war er einen Tag alt. Es war der erste Tag seines restlichen Lebens, und «offiziell» war er erst sechsundzwanzig Jahre alt.

Zur Krönung hatte er in weniger als einer Stunde drei Enzyklopädien verkauft: eine an Mr. Sinkiewicz, eine an Hank und eine an mich. Ich hatte das ganze Paket genommen: die Enzyklopädie, das zweibändige Wörterbuch und das Ahornregal für das ganze Set. Weil ich alles genommen hatte, konnte Don das vierundzwanzigbändige *Buch des Wissens,* auf zwölf Doppelbände reduziert, kostenlos dazugeben. Wenn die Bücherkisten kamen, nahm ich mir vor, das *Buch des Wissens* Merita zu schenken.

Wir waren in Hanks Apartment, alle im Anzug, und tranken einen Gibson vor dem Essen, ehe wir in die Stadt gingen. Wir hatten einen Tisch reserviert, und wenn wir alles getan hätten, was wir uns vorgenommen hatten, würden wir in unser Haus und in meine Wohnung zurückkommen und die Geburtstagstorte anschneiden, und Don würde seine Geschenke auspacken.

Ich hatte Merita Anweisungen gegeben. Sie war oben in meinem Apartment dabei, einen kleinen Apfelkuchen zu backen und Tabletts mit Canapés vorzubereiten. Sie hatte reichlich zu tun und würde beschäftigt sein, bis wir zurückkämen.

«Soll ich noch eine Runde machen?» fragte Hank.

Hank hatte zwanzig Pfund zugenommen, seit er aus Miami weggegangen war. Sein rundes, rotes Gesicht war aufgedunsen, und ich wußte, daß er schon den ganzen Nachmittag getrunken hatte. Aber er wußte, wieviel er vertragen konnte, und machte entsprechende Pausen zwischen seinen Drinks. Die staubtrockenen *Tanqueray*-Gibsons machten sich allmählich bei ihm bemerkbar, und er hatte den boxhandschuhgroßen Knoten seiner weißen Seidenkrawatte gelockert und den obersten Knopf seines gelben *Viyella*-Hemdes geöffnet. Er trug einen neuen braunen Tweed-Anzug, was sein klobiges Erscheinungsbild noch einmal um zehn Pfund verstärkte.

«Ich glaube, wir haben keine Zeit mehr», sagte ich. «Wir haben einen Tisch reserviert. Aber warum machst du nicht noch einen für jeden, und wir trinken sie im Auto?»

«Für mich nicht», sagte Eddie. «Wenn wir zum Essen noch einen nehmen und dann Wein... Ich warte lieber.» Eddie hatte nie so schneidig ausgesehen wie in seinem neuen grauen Anzug. Er trug eine blau-grau gestreifte Airforce-Krawatte zu seinem blauen Uniformhemd. Seine schwarzen Fliegerstiefel waren wie immer hochglanzpoliert. Eddie war normalerweise Biertrinker und hatte ein unbegrenztes Fassungsvermögen für hohe Schankbiergläser, aber heute feierte er, und er brauchte erst in drei Tagen wieder zu fliegen. Wenn er am nächsten Tag fliegen mußte, trank Eddie nicht mal ein einziges Bier vom Faß. Weil er den Abend bis zum Ende überstehen wollte, trank er seinen tödlichen Gibson aus einem hohen Wasserglas voll gestoßenem Eis.

«Ich glaube, ich warte ebenfalls», sagte Don. Er stand auf und kämpfte sich in seinen neuen Trenchcoat mit dem Teddyfutter. Es war ein komplizierter Mantel mit einem Dutzend Wildlederriemen und einem Gürtel, und an verschiedenen Stellen blitzten nutzlose Messingschnallen und D-förmige Ringe.

Hank und ich hatten frische Gibsons in Plastikbechern, als wir hinausgingen. Wir setzten uns auf den Rücksitz von Hanks neuem *Galaxie*. Eddie fuhr, und Don saß neben ihm.

Bei Verkehr – und Verkehr ist immer – brauche ich normalerweise eine Dreiviertelstunde bis zum Loop auf dem Kennedy Expressway, aber Eddie nutzte so geschickt die Lücken im Strom, daß er es in fünfunddreißig Minuten bis zur Ausfahrt Congress schaffte. Wir redeten nicht viel im Wagen, weil wir Hanks Kassette mit «Brothers and Sisters» von den Allman Brothers hörten. Die Musik dröhnte aus vier Lautsprechern, und so war es ohnehin schwierig, sich zu unterhalten. Als wir auf der Michigan nach Norden gebogen waren, fuhr Eddie in das Parkhaus hinter dem John Hancock Building und fand einen freien Platz im zwölften Stock. Wir fuhren mit dem Aufzug hinunter, und weil wir noch reichlich Zeit hatten und Don noch nicht dagewesen war, gingen wir ins *Playboy Towers* -- nicht in den Club, obwohl wir alle noch unsere Karten vom *Miami Playboy Club* hatten – und nahmen einen Drink an der Bar. Diese Bar ist so groß wie drei Turnhallen und ein guter Laden zum Frauenaufreißen. Aber es war voll und höllisch laut, und aus anderen Räumen drang verzerrte Livemusik herein.

Wir verließen das Lokal und gingen einen Block weit die North Michigan hinunter nach Süden bis zum Hancock Building, betraten es durch den Souterrain-Eingang und fuhren mit dem Expresslift nonstop in neunundzwanzig Sekunden hinauf ins *95th Floor Restaurant*. Ich sagte dem Empfangschef, wer ich war, und er führte uns unverzüglich zu unserem Tisch. Wir hatten den Tisch, um den ich gebeten hatte, aber das Wetter an diesem Abend war zu schlecht für den sonst so eindrucksvollen Blick auf den Loop, den ich Eddie und Don hatte zeigen wollen. Das pechschwarze Dunkel des Lake Michigan lag irgendwo links, aber zumindest sahen wir die Lichter des *First National Bank Buildings*.

Der Service beeindruckte Don und Eddie, die hier noch nicht gegessen hatten. Hank und ich schauten mit Vergnügen dem koreanischen Kellner bei der Arbeit zu. Er hatte ein halbes Dutzend Assistenten, und während wir Champagnercocktails tranken, bereitete er den größten Teil unseres Essens am Tisch zu; er schnippte mit den Fingern, und dampfende Teller erschienen wie durch Zauberei. Wir bekamen eine geschmeidige Vichyssoise, Hummer *Newburg*, Rosenkohl, *Baked Potatoes* und einen großen Salat und dazu zwei Flaschen Champagner. Als wir die Petits Fours verspeist und die Zigarren angezündet hatten, die ich mitgebracht hatte, hatten wir uns beinahe wieder nüchtern gegessen.

Hank bestellte B&B und Kaffee für alle. Ich schnallte meinen Gürtel um zwei Löcher weiter und schaute durch das Thermoglasfenster hinaus zu den Lichtersternen und dem wirbelnden Nebel. Eddie und Hank hatten halbwegs glasige Augen, weil sie zuviel gegessen hatten, und Don, der sein Essen kaum angerührt hatte, sah beinahe grüblerisch aus.

«Vor zwei oder drei Jahren», sagte ich, «hat eine Frau sich im zweiundneunzigsten Stock aus dem Fenster gestürzt und sauste den ganzen Weg bis nach unten.»

«Dafür gibt es einen technischen Ausdruck», sagte Hank. «Auto-Defenestration.»

«Was heißt das?» fragte Eddie.

«Daß man sich selbst aus dem Fenster stürzt.» Hank lachte.

Don stand auf, ging die zwei Schritte zum Fenster und tippte an das Isolierglas. Dann setzte er sich wieder und schüttelte den Kopf. «Ausgeschlossen – das sind Doppelglasscheiben, beinahe zolldick. Es wäre unmöglich, sich da aus dem Fenster zu werfen.»

«Nicht, wenn du Hilfe hast», sagte ich. «Außerdem, Don: Das hier ist Chicago, und wenn die Polizei sagt, es war Selbstmord, dann war es einer.»

«Mir ist elend», sagte Eddie. «Ich habe zuviel gegessen, verdammt. Laßt uns hier abhauen.»

Ich bezahlte die Rechnung über 156 Dollar mit meiner Kreditkarte und schrieb noch fünfundzwanzig Prozent Trinkgeld für den koreanischen Kellner dazu, denn er war es wert. Dann verließen wir den fünfundneunzigsten Stock.

Die eisige Luft und der flotte Fußmarsch belebten uns ein bißchen, und die Rückfahrt auf dem Kennedy Expressway bis zur Abfahrt River Road beim *Hyatt Regency House* ließ mich wieder völlig nüchtern werden. Dieses Hotel steht in Rosemond, Illinois, aber eine Ecke des Gebäudes ist nur drei Schritt weit von Schiller Park entfernt. Im *Blue Max* nahmen wir jeder zwei doppelte Scotch, um ein bißchen von der alten Glut zurückzuholen, bevor die Show anfing.

Der Moderator kündigte schließlich «einen berühmten Star aus dem Theater, Film, Funk und Fernsehen« an. Hank hatte ihn schon mal in der alten Ed-Sullivan-Show gesehen, aber ich hatte noch nie von ihm gehört. Für mich war er bloß einer von zahllosen fetten Komikern mit Pokerface. Er hatte eine Leinwand und einen Diaprojektor auf der Bühne. Das Lokal verdunkelte sich.

«Ich komme eben aus dem Urlaub; ich war in Florida in den Everglades», begann er traurig. «Hab mich gut amüsiert.»

Klick!

Man sah ein Farbdia von einem Alligator mit aufgerissenem Maul auf der Leinwand.

«Das ist ein Alligator», sagte der Komiker.

Klick!

Ein schwarzgesichtiger Seminole mit buntgestreiftem Jackett starrte von der Leinwand.

«Das war unser indianischer Führer», sagte der Komiker. «Ein Seminole.»

Klick!

Der ausdruckslose Indianer erschien wieder; diesmal steckte er bis zur Taille im Sand.

«Das ist unser indianischer Führer im Treibsand», sagte der Komiker.

Klick!

«Das sind seine Haare –»

«Laßt uns hier abhauen, verdammt», sagte Hank. Jeder im Lokal lachte – außer uns. Aber was, zum Teufel, wußten die auch von Florida? Florida war das Paradies, Himmelnochmal.

Als wir wieder im Wagen saßen, fing Don an zu weinen. «Ich vermisse es! Ich vermisse es!» sagte er. «Ich kann nichts dafür.» Er bohrte sich die rundlichen Fäuste in die Augen.

«Hör auf damit, Don», sagte Hank. «Du hast Geburtstag, Mann, und nachher kannst du deine Geschenke auspacken.»

«Und ein paar andere Überraschungen gibt's außerdem», fügte ich hinzu.

«Entschuldigung», sagte Don. «Ich amüsiere mich, wirklich. Und es ist auch schon wieder okay.»

«Weißt du, was mit dir los ist, Don?» sagte Eddie. «Du warst Widder, und du hast dich einfach noch nicht daran gewöhnt, daß du jetzt Fisch bist. Das ist alles.»

«O Gott», sagte Don. «Bin ich jetzt Fisch?»

«Dein neuer Geburtstag ist am 15. März, und Fisch geht vom 19. Februar bis zum 20. März», sagte Eddie.

«Daran habe ich noch nicht gedacht», sagte Don. «Da werde ich die Welt mit ganz neuen Augen sehen.»

«Sei nur dankbar, daß du kein Steinbock bist wie Larry und ich», sagte Hank. «In unseren Augen sieht die Welt wie Scheiße aus. Stimmt's nicht, Larry?»

«Nicht heute abend», sagte ich. «Ich amüsiere mich prima.»

«Was bist du denn, Eddie?» fragte Don.

«Skorpion. 14. November. Aber ich glaube nicht an diesen Scheiß.»

«Ich – ich auch nicht», sagte Don rasch. «Aber es ist interessant, mal drüber nachzudenken.»

Eddie wandte sich halb zu mir um. «Mußt du noch irgendwo anhalten, Fuzz-O? Schnaps? Eis?»

«Nein», sagte ich. «Ist alles da.»

Eddie und Don stiegen zuerst aus, als wir auf der Kelly vor unserem Haus parkten. Eddie gab Hank die Autoschlüssel, und dann gingen Eddie und Don den Weg zur Haustür hinauf. Hank hielt mich am Ärmel meines Ledermantels fest, als ich ausstieg. «Es ist noch nicht zu spät, Larry», sagte er. «Laß uns ein Mädchen für Don besorgen.»

Ich grinste. «Ich gebe ihm Merita für die Nacht», sagte ich. «Das ist mein Geburtstagsgeschenk für Don.»

«Ach, *deshalb* wolltest du nicht, daß ich ihm ein Mädchen besorge!» Hank lachte. «Wie findet Merita das?»

Ich zuckte die Achseln. «Es ist alles geregelt, Mann. Ich habe ihr ihre Anweisungen gegeben, bevor wir losgezogen sind.»

Der Unterschied zwischen meinem und Hanks Apartment war deutlich, sobald man durch meine Tür getreten war. Hank hatte alle seine unterschiedlich großen, zusammengewürfelten Möbel von Florida heraufbringen lassen, und er hatte nichts Neues dazugetan. Mrs. Sinkiewicz putzte ihm das Schlafzimmer und das halbe Wohnzimmer, aber in der anderen Hälfte seines Wohnzimmers stapelten sich immer noch die unausgepackten Pappkartons. Sein Fächerfisch war immer noch in eine Schaumgummidecke eingewickelt, und nur die Schwertschnauze guckte vorn heraus. Hanks Apartment war deprimierend, meins dagegen hell und fröhlich. So, wie ich meine weiße Ledergarnitur aufgestellt hatte, sah mein Wohnzimmer beinahe doppelt so groß aus wie Hanks. Eddie hatte sein Apartment natürlich möbliert gemietet, und ihm war es scheißegal, ob er neues Zeug hineinstellte oder nicht. Aber Eddie hatte zwei Betten im Schlafzimmer, und das war zumindest ganz praktisch, solange Don bei ihm wohnte. Es war naheliegend, die Party in meiner Wohnung zu feiern, und so hatte ich darauf bestanden.

Merita sah so verdammt gut aus, als wir in mein Apartment kamen, daß sogar ich erstaunt war. Ich hatte ihr natürliches Kurzhaar bisher immer nur zu einer Art winziger Zöpfchen geflochten gesehen, was sie aussehen ließ, als sei sie kahl oder doch beinahe kahl. Aber als sie jetzt die Tür öffnete, überraschte sie uns – und am meisten mich – mit einer riesigen Afroperücke. Es war eine gewaltige Perücke; vermutlich hatte sie sie in der Schönheitsschule gekauft – oder für den Abend ausgeliehen –, und sie veränderte ihr ganzes Erscheinungsbild. Das lange Kraushaar stand rings um ihren Kopf volle dreißig Zentimeter ab, und sie sah so feminin aus wie eine Katzenmutter. Sie trug einen Hosenanzug aus weißem Satin mit Spitzenbesatz an Manschetten und Kragen, und die gleiche Spitze kräuselte sich am Saum ihrer langen, weit ausgestellten Hose. Natürlich war sie nervös, und ihre langen Finger flatterten, aber in der Wohnung war alles vollkommen. Sie hatte das Büffet auf dem weißen *Parsons*-Tisch vor der Küchentür aufgebaut. Gläser, Eiseimer und Shaker standen hübsch ordentlich auf dem Couchtisch, so daß wir uns alle im Sitzen frische Drinks machen konnten.

Merita trug unsere Mäntel ins Schlafzimmer, um sie aufzuhängen. Hank betrachtete die vielen Häppchen, die auf dem Büffet angerichtet waren, und schüttelte grinsend den Kopf. «Du hast es übertrieben, Fuzz-O. Es ist wirklich schön, aber wer kann nach diesem Abendessen noch was runterbringen?»

«Du kriegst wahrscheinlich später noch Hunger. Macht euch selbst etwas zu trinken», sagte ich. Dann ging ich zur Stereoanlage, um die James-Brown-Platte herunterzunehmen und dafür meine Lieblings-Van-Morrison-LP aufzulegen, «Hard Nose the Highway».

Eddie und Hank mixten sich Chivas mit Soda. Don starrte düster auf den Tisch und drehte jede Flasche um ein Viertel. «Ich sehe keinen Wein», sagte er dann.

«Darüber wollten Hank und ich schon mit dir reden, Don», sagte ich. «Du mußt von diesem *Ripple*-Trip herunter. Ich habe im Kühlschrank jede Menge Champagner für dich – oder wer sonst noch welchen will –, aber wahrscheinlich bist du besser dran, wenn du Chivas trinkst.»

«Ich mag einfach keinen Scotch, das ist alles», sagte Don.

«Dann hole ich den Champagner.»

Hank lachte. «Aber ziemlich komisch war es doch. Ich habe nicht gedacht, daß Koreaner dazu fähig sind, auf ihrem Gesicht Gefühle zu zeigen, bis Don den Typen nach einem Glas *Pagan Pink Ripple* gefragt hat.»

«Das sollte komisch sein», sagte Don und wurde ein bißchen rot.

Eddie lachte. «Es war ja auch komisch, aber ich dachte, der koreanische Kellner pißt sich in die Hose.»

Ich brachte den Champagner und vier Gläser herein, gab Don die Flasche zum Öffnen und stellte die Gläser in eine Reihe auf den Couchtisch. «Laßt uns alle mit einem Glas auf Dons Geburtstag anstoßen, bevor wir ernsthaft zu trinken anfangen», sagte ich.

«Darauf trinke ich», sagte Hank feierlich und trank seinen Chivas mit Soda halb aus.

Merita stand drüben beim Büffet. Don schenkte den Champagner ein, und dann sah er mich an und sagte: «Wo ist Meritas Glas?»

«Ich hole noch eins», sagte ich und schnippte mit den Fingern. Auf dem Weg in die Küche sagte ich Merita, sie sollte sich neben Dons Sessel auf die Couch setzen.

Während Don die vollen Gläser herumreichte, sagte Eddie: «Ich bin der erste, der Don zu seinem ersten Geburtstag gratulieren möchte, aber wenn hier einer ‹Happy Birthday› singen will, dann muß er mich vorher zusammenschlagen.»

«Mich auch», sagte Hank.

«Herzlichen Glückwunsch zum Geburtstag, Baby», sagte ich zu Don. Wir tranken unsere Gläser leer, und Don blinzelte mit feuchten Augen.

«Danke», sagte er und wackelte mit dem Kopf, während er sich noch ein Glas Champagner eingoß. «Das ist eine tolle Party, wirklich, und ich bin euch dankbar.»

Ich zwinkerte Merita zu und winkte ihr mit dem Kopf. Sie stellte ihr Glas hin, an dem sie nur genippt hatte, und ging in die Küche. Einen Augenblick später brachte sie den Apfelkuchen herein. In der Mitte stand eine einzelne brennende Kerze. Der Kuchen war auf der einen Seite ein bißchen schief, aber sie hatte den weißen Zuckerguß glatt und gleichmäßig verteilt, und es sah hübsch aus. Vorsichtig trug sie den Kuchen herüber und hielt ihn Don entgegen, damit er die Kerze ausblasen konnte. Wir klatschten alle, und Merita stellte die Torte aufs Büffet.

Ich machte mir einen Chivas mit Soda, vergewisserte mich, daß alle versorgt waren, und dann ging ich ins Schlafzimmer und winkte Merita, sie solle mir nachkommen. Ich nahm die eingepackten Geschenke – von Eddie und Hank – aus dem Schrank, wo wir sie versteckt hatten, und legte sie auf das Bett.

«Hast du behalten, was ich dir gesagt habe?» fragte ich Merita.

Sie nickte heftig mit dem Kopf, und ihr langes Haar bebte wie unter einem Windstoß. «Okay. Dann lächle. *Keep smiling*. Ich will nicht, daß du dich benimmst, als ob du Don einen Gefallen tätest, um Himmels willen.»

Ich nahm ein Paket und gab Merita das andere, und sie folgte mir hinaus. Im Wohnzimmer stellten wir die Pakete vor Don auf den Tisch. Er freute sich über seine Geschenke. Hank hatte ihm einen schönen Barkoffer aus Leder für die Reise geschenkt, mit versilberten Bar-Utensilien und zwei silbernen Trinkbechern darin. Eddie schenkte ihm einen schweinsledernen Aktenkoffer von *Mark Cross*. Don hatte immer gern Leder gehabt, und wir wußten, daß ihm diese Geschenke gefallen würden, ob er sie je benutze oder nicht. Er freute sich so sehr, daß er immer wieder «Wow!» und «Danke!» sagte.

Ich sammelte das Geschenkpapier ein und faltete es zu kleinen Vierecken. Hank zwinkerte mir zu. Eddie, der in meine Überraschung nicht eingeweiht war, machte sich einfach einen neuen Drink, ohne erkennbar darauf zu reagieren, daß Don von mir kein Geschenk zum Auspacken hatte.

Ich schob das zusammengefaltete Papier unter meinen Sessel, machte mir einen neuen Drink und sagte: «Ach ja, jetzt hätte ich's fast vergessen, Don: Ich habe auch ein Geschenk für dich.»

Don sah mich an. Merita setzte sich flink auf seinen Schoß, ließ die langen Beine über die Armlehne des Sessels baumeln, schlang ihm die Arme um den Nacken und küßte ihn auf den Hals. Ihr wilder Afro-Schopf verbarg sein ganzes Gesicht.

Hank und ich lachten, und Eddie grinste.

Don sträubte sich ein bißchen, und Merita richtete sich auf, aber sie blieb auf seinem Schoß sitzen und lächelte.

«Ich bin überwältigt», sagte Don und lachte kurz. «Aber ihr macht natürlich Witze?»

Merita stand auf, ging bis zur Wohnungstür, drehte den hohen, runden Arsch hin und her; dann wandte sie sich um und zog die weiße Jacke auf, knöpfte sie langsam von oben nach unten auf und lächelte dabei Don an. Ihre konischen Brüste mit den langen Warzen wiesen der Schwerkraft zum Trotz nach oben. Sie hielt ihre Jacke in der rechten Hand und legte die linke auf den Türknopf.

«Kein Witz, Don», sagte ich ernst. «Sie gehört dir, Mann –

aber nur für heute nacht. Herzlichen Glückwunsch zum Geburtstag, von mir für dich.»

«Du machst also nicht bloß Witze?» fragte Don.

«Der macht keine Witze, Herrgott noch mal», sagte Hank. «Zieh schon Leine.»

Don stand auf und grinste betreten. «Wenn das so ist... entschuldigt mich für ein paar Minuten; ich bin gleich wieder da. Zieh dich nicht weiter aus», sagte er zu Merita. «Ich packe meine Geschenke gern selber aus.»

«Ich hole dir noch eine neue Flasche Champagner», sagte ich. Als ich mit einer ungeöffneten Flasche aus der Küche kam, hatte Don zwei Weingläser in der rechten Hand und reichte Merita mit der linken seinen Wohnungsschlüssel. Ich gab ihm die Flasche, und sie gingen, ohne die Tür hinter sich zuzumachen, über den Flur zu Eddies Apartment hinüber.

Ich schloß die Tür, nahm meine Armschlinge ab und zog das Jackett aus. Hank streifte sein schweres Tweedjackett ebenfalls ab und reichte es mir, aber Eddie schüttelte den Kopf. Ich hängte die beiden Jacken über die Lehne von Dons leerem Sessel. Dann schob ich meinen Arm wieder in die Schlinge.

«Wieso habt ihr mich in diese Überraschung nicht eingeweiht?» fragte Eddie.

«Ich wollte Hank auch nichts verraten», sagte ich. «Aber als du und Don auf dem Heimweg vorausgingt, war Hank entschlossen, noch mal zum *Playboy Towers* oder sonstwohin zurückzufahren und ein Mädchen für Don zu besorgen – und da mußte ich es ihm sagen.»

«Stimmt, Eddie», sagte Hank. «Ich dachte, Don kriegt wieder Depressionen, und ich nahm an, eine Frau würde ihn vielleicht aufmuntern. Aber so ist es besser.»

«Na, für mich war es eine Wahnsinnsüberraschung», sagte Eddie. «Ich hätte nichts dagegen, davon auch mal etwas abzubekommen, falls meinem Glück je nachgeholfen werden muß. Versuch mal, dir *meinen* Geburtstag zu merken, Larry – den 14. November!»

Ich lachte. «Im November ist Merita wahrscheinlich wieder in Dothan, Alabama, wo sie hingehört. Das hier ist ein einmaliger Deal. Du und Hank, ihr könnt euch eure Miezen selber besorgen.»

«Was ich gern hätte», sagte Hank, «was ich gern hätte, ist ein Polaroid-Foto von Dons Gesicht, als sie sich auf seinen Schoß setzte. Das hätte ich gern.»

«Ich habe eine Polaroid-Kamera», sagte ich. «Aber daran habe ich nicht gedacht. Wir hätten ein paar Bilder von uns allen machen können, als Don seine Geschenke auspackte. Andererseits, je weniger Bilder es von Don gibt, desto besser – zumal seit seiner Ankunft in Chicago. Tatsächlich habe ich heute nachmittag noch gedacht, daß einer von uns dauernd mit Don zusammensein sollte, bis er wieder richtig auf dem Damm ist.»

«Ich mag Don», sagte Eddie. «Aber ihn die ganze Zeit um mich zu haben – das ist nicht die beste Lösung. Aber jetzt, wo er den Job hat und wieder Geld verdienen geht, wird er schon klarkommen. Ich glaube, er ist ganz heiß darauf, Enzyklopädien zu verkaufen. Er hat mir gestern erzählt, das einzige, was ihm daran nicht paßt, ist die Tatsache, daß man die Dinger an Familien verkaufen muß, die sie sich am wenigsten leisten können.»

«Darüber braucht man sich nicht den Kopf zu zerbrechen», sagte Hank. «Heutzutage kann sich kaum noch jemand irgendwas leisten – von Typen wie uns abgesehen, die nicht bis zum Hals in Weibern und Kindern versinken.»

Ich hörte den Schuß – es war der Knall des .45ers –, und ich war auf den Beinen und nahm die Hand aus der Schlinge, bevor Eddie sagte: «War das ein Schuß?»

«Yeah», sagte ich, «und er kam aus deinem Apartment. Gib mir deinen Schlüssel, Eddie.» Ich hatte unabsichtlich die Finger zur Faust geballt, als der Schuß abgefeuert wurde, und meine Hand, die den ganzen Abend nicht weh getan hatte, kribbelte vor Schmerzen.

Eddie stand auf und zog die Schlüssel aus der Tasche. «Laß uns alle rübergehen.»

«Nein», sagte ich. «Du und Hank, ihr wartet hier. Ich sehe nur nach und komme gleich zurück.»

Ich lief über den Flur, machte die Tür auf und ging in die Wohnung. Auf den Boden im Schlafzimmer fiel ein Lichtschein. Ich ging hinüber. Die Lampe, die auf dem Nachttisch zwischen den Betten gestanden hatte, war umgefallen, aber die Birne brannte noch. Merita hatte nackt auf Eddies Bett gesessen; als ich hereinkam, stand sie auf. Ihre Augen quollen weiß aus dem schwarzen Gesicht. Don lag nackt bis auf die dicken gelben Argyle-Socken auf seinem Bett. Die Nachttischschublade war offen, und die Pistole lag neben der Lampe auf dem Boden. Ich hob die Lampe auf, stellte sie auf den Nachttisch und sah mir Don an. Die Kugel war am Kinn eingedrungen und hatte es zerschmettert, und dann hatte sie sich hinten durch den Gaumen nach oben durch den Kopf gepflügt. Das Kissen und das gelb gepolsterte Kopfende waren von einem schmierigen Gemisch aus Blut, Hirnspritzern und Haaren bedeckt.

Ich schloß ihm die starren Augen mit Daumen und Zeigefinger der rechten Hand.

«Was ist passiert, Baby?» fragte ich.

Merita fing an zu weinen, aber ich befahl ihr in scharfem Ton aufzuhören, und nach kurzer Zeit hatte sie sich wieder gefaßt. Ich holte ihren Hosenanzug aus dem Schrank, wo sie ihn sorgfältig aufgehängt hatte, und sagte, sie solle sich anziehen. Sie zog Hose und Jacke an, aber ihre Finger zitterten so sehr, daß sie die Knöpfe nicht zubekam. Ich half ihr, und dann führte ich sie ins Wohnzimmer und schloß die Schlafzimmertür. Ich machte Licht und sagte, sie solle sich setzen. Sie schüttelte den Kopf.

«Er wollte mir weh tun», sagte sie und klopfte sich auf den hohen, runden Arsch; sie konnte es nicht sagen. «Hier hinten. Ich wollte ihn das nicht mit mir machen lassen, und da nahm er die Pistole und sagte, er würde mich zwingen. Ich dachte, vielleicht will er Spaß machen, aber er war sauer, echt sauer. Und als er sich dranhielt, habe ich versucht, an die Pistole zu kommen, und da ist sie losgegangen. Es ging so schnell, so schnell, schnell...»

«Wer hat abgedrückt? Du oder Don?»

«Ich weiß nicht, aber ich war es nicht. Ich habe gar nichts gemacht. Ich habe nur versucht, an die Pistole zu kommen, und da ist sie losgegangen.»

«Schon gut», sagte ich. «Laß uns jetzt wieder zu mir rübergehen.»

Ich schloß die Tür ab, und wir gingen zurück in mein Apartment. Ich hatte keine Angst, daß die Sinkiewiczs den Schuß gehört haben könnten. Wenn er nicht in der Feuerwache war, gingen sie immer um halb elf ins Bett, und nach Mitternacht konnte sie nichts mehr wecken. Sie wohnten seit über vierzig Jahren in Chicago – ihr ganzes Leben lang.

«Don ist tot», sagte ich Eddie und Hank. «Er hat sich erschossen. Merita konnte nichts dazu.»

«Jesus!» sagte Eddie. «Bist du sicher, daß er tot ist?»

Ich berührte mein Kinn mit dem Daumen. «Der Schuß ging hier hinein, und hier hinten kam er heraus.» Ich klopfte mir mit der flachen Hand auf den Hinterkopf.

Hank griff nach der Scotchflasche. «Man weiß wirklich nie, was? Er schien so verdammt glücklich zu sein, als er ging», sagte Hank.

«Gieß einen Doppelten für Merita ein, Hank», sagte ich. Er tat es, und ich reichte ihr das Glas. Sie schüttelte den Kopf.

«Trink, Mädchen», sagte ich. Sie hielt das Glas mit beiden Händen und trank es schaudernd leer.

«Was machen wir jetzt, Fuzz?» fragte Eddie.

«Laß mich einen Augenblick überlegen.» Ich hielt mir die linke Hand und ging ein paarmal im Zimmer auf und ab; ich dachte nach. Dann schnippte ich mit den Fingern der Rechten. «Okay!» sagte ich. «Als erstes müssen wir –»

«Oh, Scheiße!» Hank lachte. «Jetzt geht das wieder los!» Er lachte immer weiter, und Eddie fing auch an zu lachen. Ich warf einen Blick auf Meritas erschrockenes Gesicht. Ihr Mund war ein großes rundes, dunkelrotes O, und die feuchten Augen quollen ihr aus dem Kopf, als sie erst Eddie, dann Hank, dann mich anschaute. Sie vollführte ihren unbeholfenen Shuffle-dance, hüpfte von einem Fuß auf den andern, vor und zurück, und ein großer nasser

Fleck erschien auf der weißen Satinhose, als sie sich hineinpinkelte. Ich mußte selber auch lachen. Wir lachten alle drei, und wir konnten gar nicht mehr aufhören.

Arme Merita.

Sie hielt uns wahrscheinlich für verrückt.

Ruth Rendell

«Mich fasziniert jedesmal wieder, wie leise–harmonisch die Romane von **Ruth Rendell** beginnen, wie verständlich und normal die ersten Schritte sind, mit denen die Figuren ins Verhängnis laufen. Ruth Rendells liebevoll–ironisch geschilderte Vorstadtidyllen sind mit einer unterschwelligen Spannung gefüllt, die atemlos macht.»
Hansjörg Martin

Eine Auswahl der thriller von Ruth Rendell:

Dämon hinter Spitzenstores
(thriller 2677)
Ausgezeichnet mit dem Gold Dagger 1975, dem begehrtesten internationalen Krimi–Preis.

Der Pakt
(thriller 2709)
Pup ist sechzehn und möchte seine Stiefmutter loswerden. Aus dem Spiel mit der Schwarzen Magie wird tödlicher Ernst...

Flucht ist kein Entkommen
(thriller 2712)
«... ein sanfter, trauriger Thriller. Mit einer Pointe wie ein Feuerwerk.»
Frankfurter Rundschau

Die Grausamkeit der Raben
(thriller 2934)
«... wieder ein Psychothriller der Sonderklasse.»
Cosmopolitan

Der Kuß der Schlange
(thriller 2934)

Die Masken der Mütter
(thriller 2723)
Ausgezeichnet mit dem Silver Dagger 1984.

3017/3

rororo thriller

Durch Gewalt und List
(thriller 2989)

Den Wolf auf die Schlachtbank
(thriller 2996)

Mord ist des Rätsels Lösung
(thriller 2899)

In blinder Panik
(thriller 2798)
«Ruth Rendell hat sich mit diesem Krimi selbst übertroffen: die Meisterin der Spannung ist nie spannender zu lesen gewesen.»
Frankfurter Rundschau

Die Tote im falschen Grab
(thriller 2874)

Mancher Traum hat kein Erwachen
(thriller 2879)

Der Herr des Moores
(thriller 3047)

«Ruth Rendell – die beste Kriminalschriftstellerin in Großbritanien.»
Observer Magazine

Barbara M. Gill

«Bestechende Logik, gekonnte Dialoge und atemberaubende Handlungen.»
Saarbrücker Zeitung

Nocturno für eine Hexe
(thriller 2926)
«Das ist eine Fahrstuhlfahrt in den Abgrund. Angetrieben von Mißverständnissen, gekränkter Eitelkeit und Haß. Ausgelöst durch ein Mädchen, das auf geheimnisvolle Weise der Frau auf einem alten Foto gleicht ... ein Thriller, der einen frösteln läßt.»
Frankfurter Rundschau

Seminar für Mord
(thriller 2775)

Herzchen
(thriller 2818)
Die kleine Zanny ist ein reizendes Mädchen mit blauen Augen und blonden Locken. Aber Zanny kann es nicht ertragen, wenn ihr jemand etwas wegnimmt ...

Die Zeit danach
(thriller 2968)
Maeve Barclay ist an ihrem siebenundzwanzigsten Geburtstag aus der Haft entlassen worden. Die Rückkehr in ihr Haus ist ein ebensolcher Kulturschock wie das Gefängnis, das unauslöschliche Spuren bei ihr hinterlassen hat. Ihr Mann, erfolgreicher Börsenmakler, möchte dieses dunkle Kapitel so schnell wie möglich vergessen, doch die Vergangenheit holt Maeve immer wieder ein ...

Der zwölfte Geschworene
(thriller 2738)

rororo thriller

Die Rapunzel-Morde
(thriller 3046)
Der tödlich verunglückte Bradshaw hat durch seinen Bericht wesentlich zur Überführung des fünffachen Frauenmörders Hixon beigetragen. Aber Hixon gesteht nur vier Morde, den fünften habe er nicht begangen. Seltsamerweise ist genau bei dieser Toten Bradshaws Bericht unpräzise. Chief Inspector Maybridge ahnt bald, daß er vor einem bizarren Mordfall steht.

Blind in den Tod
(thriller 3053)

rororo thriller wird herausgegeben von Bernd Jost. Ein Gesamtverzeichnis der Reihe finden Sie in der *Rowohlt Revue*. Jedes Vierteljahr neu. Kostenlos in Ihrer Buchhandlung.

3006/3

Colin Dexter

«Es gibt nur wenige Autoren, die überzeugend Humor, Spannung und Phantasie und ein wenig Grausen miteinander verbinden können Colin Dexter beherrscht das vorzüglich.»
Hamburger Abendblatt

Mord am Oxford-Kanal
(thriller 2960)
Ausgezeichnet mit dem «Golden Dagger» der Englisch Crime Writers' Association.

Hüte dich vor Maskeraden
(thriller 2805)
«Ein intelligenter Krimi zum Mit-Denken. So etwas ist selten.»
Frankfurter Rundschau

Das Rätsel der dritten Meile
(thriller 2806)
Der Rektor des College lädt eines Tages Chief Inspector Morse zum Essen ein, um ihm nebenbei zu erzählen, daß einer seiner pedantischsten Professoren seit einigen Tagen völlig ohne jede Ankündigung verschwunden ist. Zwar sei inzwischen eine Nachricht eingetroffen, aber die könne unmöglich von Browne-Smith stammen, denn der würde lieber sterben, als eine Notiz mit einem Rechtsschreibefehler aus der Hand zu geben. Kurz darauf wird eine Leiche aus dem Kanal geborgen, der Kopf, Hände und Beine fehlen ...
«... brillant, komisch, bizarr und glänzend geschrieben.»
Südwestpresse

rororo thriller

Tod für Don Juan
(thriller 3041)
Kaum sind die amerikanischen Touristen in Oxford eingetroffen, da wird Chief Inspector Morse zu einer Toten gerufen. Die Touristin ist offensichtlich an Herzversagen gestorben, als sie den Diebstahl einer wertvollen, antiken Brosche entdeckte. Klarer Fall, meint Sergeant Lewis. Ein plötzlicher Tod ist immer mysteriös, sagt Morse. Erst recht, wenn kurz darauf noch ein Toter gefunden wird.

rororo thriller wird herausgegeben von Bernd Jost. Ein Gesamtverzeichnis der Reihe finden Sie in der *Rowohlt Revue*. Jedes Vierteljahr neu. Kostenlos in Ihrer Buchhandlung.

Serientäter

Larry Beinhart
Priester waschen weißer
(thriller 3043)
Tony Cassella schlüpft in die Rolle eines irischen Priesters um den Tod von Wendy Tavetian und einem Japaner aufzuklären.
Zahltag für Cassella
(thriller 2932)
Bei Privat Eye Tony Cassella steht eine Steuerprüfung an. Genau in dem Augenblick, als er genügend Beweismaterial gegen den Justizminister persönlich zusammen hat...

K. C. Constantine
Ein unbeschriebenes Blatt
Ein Fall für Mario Balzic
(thriller 2776)
«Constantine ist ein wunderbarer Autor. Lang lebe Polizeichef Balzic!»
New York Times
Blues für Mario Balzic
(thriller 3002)
Schwere Zeiten für Mario Balzic: ein Mord geschieht, seine Mutter wurde mit einem Schlaganfall ins Krankenhaus eingeliefert und seine Frau hat wenig Verständnis für sein Pflichtbewußtsein.

William Krasner
Opfer einer Razzia
(thriller 3001)
Organisiertes Verbrechen + illegales Glücksspiel = Unmoral & Prostitution - Charley Hagen, Partner von Detective Captain Sam Brige, zieht wieder einmal voreilige Schlüsse.
Die letzte Tat des Mr. Goodman
(thriller 2937)

Jean-Bernard Pouy
Sprengsatz aus der Vergangenheit
(thriller 3021)
Der Schlüssel zur Affäre
(thriller 2977)

3024/4b

rororo thriller

Schwarze Beute
Stories von berühmten Autoren und neuen Talenten finden sich in den thriller-Magazinen und immer wieder – Shock, Thrill and Fun.
thriller–Magazin 5
Herausgegeben von Norbert Klugmann und Peter Mathews
(thriller 2969)
thriller–Magazin 6
Herausgegeben von Janwillem van de Wetering
(thriller 3000)
thriller-Magazin 8
Herausgegeben von Maj Sjöwall
(thriller 3093)

Die Reihe *rororo thriller* wird herausgegeben von Bernd Jost. Ein Gesamtverzeichnis aller lieferbaren Titel finden Sie in der *Rowohlt Revue*. Jedes Vierteljahr neu. Kostenlos in Ihrer Buchhandlung.